O PROFESSOR

Cristovão Tezza

O PROFESSOR

EDITORA RECORD
RIO DE JANEIRO • SÃO PAULO

2014

Cip-Brasil. Catalogação na publicação
Sindicato Nacional dos Editores de Livros, RJ

T339p   Tezza, Cristovão, 1952-
        O professor / Cristovão Tezza. - 1. ed.
        - Rio de Janeiro : Record, 2014.

        ISBN 978-85-01-10212-6

        1. Romance brasileiro. I. Título.

                                  CDD 869.93
14-09075   CDU 821.134.3(81)-3

Copyright © by Cristovão Tezza, 2014

Texto revisado segundo o novo Acordo Ortográfico da Língua Portuguesa.

Direitos exclusivos desta edição reservados pela
EDITORA RECORD LTDA.
Rua Argentina 171 – 20921-380 – Rio de Janeiro, RJ – Tel.: 2585-2000

Impresso no Brasil

ISBN 978-85-01-10212-6

Seja um leitor preferencial Record.
Cadastre-se e receba informações sobre
nossos lançamentos e nossas promoções.

Atendimento e venda direta ao leitor:
mdireto@record.com.br ou (21) 2585-2002.

EDITORA AFILIADA

Nõ pode alguẽ seer boa testimunha d'outrẽ,
se primeiro nõ for boa testimunha de sy meesmo.

Vita Christi, 1495

Acordou de um sono difícil: sobre algo que parecia um leito, estava abraçado ao inimigo, que tentava aproximar os lábios dos seus. Não quis ser ríspido, entretanto, empurrá-lo para longe, como seria o óbvio, talvez agredi-lo com um soco; apenas desviou o rosto, dizendo algo que agora não conseguia mais ouvir, na claridade da manhã. Mas eram movimentos gentis, ele percebeu; tentava afastar-se dele com delicadeza, como quem desembarca de uma cama em que a mulher dorme e não deve ser acordada. O inimigo: sim, ele imagina que teve um, durante a vida inteira, e agora ele vinha assombrar até seus sonhos, com a sua proximidade pegajosa. Ficou intrigado, no gelo de quem acorda, com o fato de não se perturbar com a evidente sugestão sexual, aqueles lábios envelhecidos quase tocando os seus, uma imagem tão forte que não conseguiria mais esquecê-la, não esqueceria jamais, ele se assombrou, como se tivesse um interminável futuro pela frente, relembrando o sonho que viveu em 1952, criança, caindo de um desfiladeiro e salvando-se com a força de um grito — a mãe veio velá-lo, e lembra-se nitidamente daquela mão protetora nos cabelos, mais de 60 anos atrás. Jamais passou a mão nos cabelos de seu filho, mas os tempos eram outros, mais duros — ou apenas ele é que sempre se imaginou uma pessoa dura. Ora — e ele sacudiu a cabeça, voltando ao início. Quanto tempo? Setenta — e olhou os dedos, movendo-os lentamente, sentindo a breve dor que acompanhava os gestos ao amanhecer. Não importa. Chegando aos 71, ele corrigiu a si mesmo. A imagem da queda permaneceu, e era como se novamente caísse, o vazio no peito, a sombra do pânico, a montanha-russa na alma. Tudo é química, disse em voz alta em defesa, tudo é química, esses comprimidos, ele acrescentou, a voz baixinha agora, que ninguém ouvisse, tudo é química, eu sou vítima desses experimentos em pó em forma de comprimidos — e enfim sorriu, como se a simples explicação suprimisse toda a cadeia de desconcertos do amanhecer.

A cadeia de desconcertos deste amanhecer, ele sussurrou, achando bonito, testando a linguagem e vivendo um impulso de entusiasmo — eu poderia ter sido escritor, se tivesse tido a coragem no momento certo. Quase rompi a membrana e passei para o lado de lá. Parecia simples. Therèze uma vez lhe disse: por que você não escreve? Um tropeço de fonemas — *cadeia de desconcertos deste*. O fonema "d", repetiu ele milhares de vezes diante de milhares de alunos, seguido da vogal "i", palataliza-se em algumas regiões do Brasil. Comparem: *djia* x *dia*, assim, *dia*, ele abria bem a boca para a demonstração, alveolar, a língua contra os dentes da arcada superior. Para quem não compartilha a diferença de sotaque, é engraçado. Passou as mãos no rosto, moveu a cabeça de um lado a outro, três vezes, num simulacro de ginástica — é bom contra torcicolo, ele ouviu uma vez e passou décadas repetindo o movimento. Mas o pescoço parece um papo de galinha, assim como os olhos revelam o pé de galinha — é assim que as mulheres dizem. Um símile perfeito. Essa pele despencada grudando-se ao que resta de apoio, para se espraiar em ossos secos que se erguem como raízes de árvores arruinadas. A clássica barba amanhecida, ainda por fazer. Houve um tempo em que era estilo. Minha cabeça é um bulbo, e ele se surpreendeu com a teimosia da conclusão, já diante da plateia: senhoras e senhores, brasileiras e brasileiros, eu fui sim um homem bonito. Eheh. Esticou a perna direita, depois a esquerda. As pernas pareciam doer menos essa manhã. A química funciona.

A verdade é que nem sempre fui um homem antigo, ele argumentou arriscando uma ironia em defesa própria, agora sentado na cama de imbuia envernizada, mais velha ainda que ele, com seus frisos caprichosos. Confira os detalhes da cabeceira. Uma hora de trabalho em cada raminho de madeira, as ranhuras das folhas perfeitas no relevo. No tempo dos artesãos, que não existem mais. Não fabricam mais nada assim, ele ouviu a mulher repetir mil vezes, com irritação legítima, hoje é esse lixo descartável, serragem com cola, a cama desmonta no primeiro dia — na primeira trepada, ele completou uma vez, há muitos e muitos anos, e os dois riram. A Mônica, senhores, de saudosa memória. Talvez a homenagem que vão fazer a ele seja justamente o reconhecimento de sua atualidade. Não. De sua contribuição. Alguém que passou sem traumas (Na verdade, com altruísmo; eles têm de reconhecer pelo menos isso. Se não fosse ele — se não fosse ele o mundo não existia? Sim, de certa forma, e ele riu como quem ouve uma piada de café; o velho e bom solipsismo. Depois de mim, o dilúvio; sem mim, nada! É engraçado.) — que passou sem traumas da velha filologia românica para a linguística moderna — do papel escrito para a língua viva. Dos textos sólidos — desenhados quase que com o punhal há 600 anos, a brutalidade do tempo, e que ele lia com prazer, no púlpito da sua aula, aquilo sim é palpável, a verdadeira gramática universal, *nom seria razõ, nẽ dereyto que no processo de nossa lyçam seiam squecidas aquellas moças que som ẽ estado de virgijndade, das quaes homem pode fallar em duas maneyras — daquellas que teem preposito de guardar virgijndade toda sua vyda por amor de Deos e daquellas que ha guardam ho tempo de seu casamento per ordenãça de seus padres.* Não é uma maravilha?, ele perguntava aos alunos, o anfiteatro cheio, um bloco granítico de silêncio.

O choque do silêncio — por que as pessoas não reconhecem a beleza no exato instante em que a veem na frente? Porque a beleza é uma conquista, ele explicou: ela precisa ser descoberta, amada e cultivada. Uma conquista. A beleza não cai da árvore. Professor, mas se a beleza é uma conquista, ela já está pronta, não? Basta encontrá-la. Não seria melhor dizer que a beleza é inventada? Isto é, as coisas estão indiferentes diante de nós, e nós inventamos a beleza. Fez-se outro silêncio no anfiteatro. Um garoto brilhante. Sentiu mais uma vez o travo da culpa, como se o professor deixasse passar um diamante, jogasse-o fora com indiferença. Lembro vagamente de ter dado uma resposta ríspida. Em que ano foi mesmo aquilo? Ou aquele instante, como uma passagem para a vida adulta de que ele até hoje não se recuperou? Sorriu: eu já não sei separar o que eu mesmo disse daquilo que os outros disseram. A memória queima e derrete. Na verdade, senhores — ele fecharia o primeiro parágrafo assim —, eu não quero me lembrar.

O ano de 1984. Eu estava com 42 anos, ele se justificaria, passando-se limpo, ao receber a homenagem, e o discurso imaginário começou a ganhar corpo na sua cabeça, o que o animou. Vejam, meus amigos, eu estava com 42 anos. Faria uma breve pausa. Na mesa estarão todos os seus velhos companheiros de jornada, com certeza. Companheiros de jornada! O que aconteceu em 1984? Foi o ano da grande greve? Não, acho que não. A campanha pelas Diretas Já — quem era eu? Fechou os olhos: estava no cafezinho do departamento, em meados de maio, e coloquei açúcar no copo de plástico. Por que me recordo tão repetidamente da mesma imagem, como um fotograma avulso e ridículo que se cola em um pedaço do cérebro e ali fica para sempre? Como aqueles trechos de melodia que assobiamos anos a fio sem saber de onde vêm, uma linha riscada no disco mental. Açúcar no copo de plástico; a garrafa térmica; levantei os olhos e estava ali diante de mim o meu nome no cronograma do semestre: Filologia Românica: Prof. Dr. Heliseu da Motta e Silva. Segundas e Quartas, 10h30-12h30. Sou capaz de lembrar de todos os nomes e de todos os horários daquela folha A4 fixada com duas tachinhas no alto, de modo que um gesto brusco no balcão do café fazia a folha se erguer como a saia discreta de uma mulher, e ele sorriu novamente, ainda sentado à cama. Um bom amanhecer. Está em Drummond, ou Bandeira: o vento ergue a saia das mulheres, algo assim. Um verso solto. É por isto que eu me lembro: cinco anos antes, ninguém queria dar aula de Filologia Românica, aquela excrescência curricular. O incômodo ligeiramente canalha na reunião de departamento, um empurrando para o outro, todos estufados de razões, e eu, que sempre fui da boa e velha escola, disse: aceito. Eu estava, senhores, no meio do caminho: entendam. Nem tanto no passado, nem tanto no futuro. É isso que vou dizer hoje: no meio do caminho. Talvez citasse o verso de Drummond, para dar um toque de humor brasileiro. Ou o de Dante, para lembrar o sopro clássico universal *que sempre me alimentou*, ele poderia acrescentar, mas seria afetação demais. *Meus queridos* (não, eu jamais diria isso; iria parecer uma máscara de carnaval no meu rosto, daquelas de Groucho Marx. Adoro o Rio de Janeiro, vivi dois anos lá, *castamente* — e anos depois foi de lá minha primeira traição, mais de arrasto do que de desejo, sem consequências, com uma mulher chamada Bruna, *a loirinha aguada*, disse-lhe Mônica, que a chamou de *Bruma*, apelido que ele aceitou primeiro por brincadeira, depois por hábito e enfim por realismo, uma metáfora do gênero, a névoa feminina — mas jamais consegui ser carioca.); *Meus amigos* (não; seria invasivo — eu não sei como esse pessoal dos computadores consegue ter um milhão de amigos; um só, a essa altura, já estaria de bom tamanho, e ele sorriu, quem sabe uma boa piada para dar partida, mas não, jamais diria isso, com essa gosma piedosa autoindulgente; para ser justo, eu já passei da fase das amizades, tudo agora é essência bruta); *Meus colegas* (não exatamente — há um afeto possessivo aí, uma pequena pedrinha); apenas *Colegas* — acompanhado de um sorriso discreto, com o exato espírito amistoso. Afinal, é uma homenagem que me fazem. Sim. A maneira perfeita de me dirigir a eles. *Colegas*. Sem exclamação, mas sem frieza. A coisa em si, tal como seja. É difícil conquistar o modo exato do comportamento. Como quando ele abriu a porta do quarto do filho, há 25 anos, e encontrou-o com o colega. Não eram adultos, mas não eram crianças — ele fechou imediatamente a porta (o toque exato de comportamento) e a sua vida nunca mais seria a mesma: uma queda sem fim, ele poderia dizer, se fosse um homem de inclinação dramática. Como se a mesma falta de ar, ou antes o desejo de regurgitar a memória seca da imagem, lhe voltasse intacto agora.

O João Veris, da História, chegou com a revista trazendo ainda uma risada lá do corredor — não era exatamente a mim que ele esperava encontrar, talvez inseguro do que eu iria dizer, eu sempre fui o tipo do sujeito que não parece estar em lugar nenhum, uma pessoa sem nitidez, um sujeito indeciso, um esquisito sem partido, um *reacionário*, como uma vez entreouvi naquele mesmo café, *ele nem chega a ser de direita*, e duas pessoas riram sem pressenti-lo atrás da porta, de onde ele voltou ainda impressentido, para buscar um apagador imaginário na sala de onde saiu e dar tempo à mudança de assunto — mas mesmo assim sustentou o riso diante do entusiasmo do colega: Viu essa, Heliseu? O quebra-pau em Brasília? Diz que o Newton Cruz deu um murro num deputado. Filhos da puta. — Pegou um copo de plástico: Ainda está quente esse café? Como quem flagra uma ambiguidade, que eu não concluísse mal, explicou, sorridente: Quer dizer, filho da puta o general, não o deputado. Pelo menos não dessa vez — e soltou uma gargalhada.

Vai dar Tancredo Neves, eu lembro de ter dito, num certo esforço de fazer parte da vida real, e ele me olhou como a um inimigo, alguém que desiste, talvez, antes mesmo de a coisa começar. Por que não lutar pelas eleições diretas para presidente até as últimas consequências? Radicalizar de uma vez — o governo Figueiredo está caindo de podre. Pensei em explicar o que me parecia claro, sem ingenuidade: abertura lenta, gradual, segura. Exatamente como o velho alemão queria. (Alguma coisa do puritanismo castrense do Geisel me atraía, nunca soube exatamente por quê. Talvez pela lembrança do meu pai, que teria gostado dele — *esse aí manda*, ele iria dizer. Mas é uma má lembrança.) O governo liberou a brincadeira de diretas-já, o escape da panela de pressão, a célebre "voz da rua", as manchetes de jornal, e, depois do resultado óbvio, negocia-se Tancredo Neves. Ou vocês querem Paulo Maluf? Uma greve, insistiu ele, com a fúria dos justos — uma greve ampla, geral e irrestrita! Começando na UnB. Viu que prenderam uma porrada de estudantes? Não lembro o que eu respondi, ou se respondi — continuo com a saia discreta da folha A4 erguendo-se no mural de cortiça diante do café agora frio. Será que naquele momento eu já sentia o tédio mortal da política brasileira? Como um português da Colônia, sempre estive aqui só de passagem. Não, acho que não — o tédio é um sedimento de décadas. Um *sedimento*, não um *sentimento*, observem (de novo na sala de aula) a nasalização da vogal seguida do ensurdecimento da consoante — *sêdi* — *sênti*. Não. Naquele tempo, senhores — acho que *senhores* é no fim das contas mais elegante que *colegas*, não disfarça nada, mantém o protocolo e a distância, não preciso mais nem simular gentileza nem agredir ninguém, *senhores* —, naquele tempo eu ainda tinha o sangue quente. Lembram do Plano Cruzado, dois anos depois, sob a batuta do presidente Sarney? É impressionante, mas eu e minha mulher defendíamos com unhas e dentes o maravilhoso Plano Cruzado, a nau capitânia de um Estado falido. Lembro que eu quase troquei socos com a vendedora de disquetes da lojinha de informática, eu com a nota fiscal de um mês antes na mão, vejam aqui, seus ladrões, vocês aumentaram o preço, e isso é ilegal, eu vou denunciar — e Heliseu teve um acesso de riso que se transformou em tosse. Quando se acalmou, um desejo profundo de deitar e dormir mais um pouco ou dormir muito e esquecer a homenagem. Reclinou-se na cama e fechou os olhos, só mais um pouquinho de sono, ele é tão raro a essa altura da vida. Meu Deus, quanta idiotia retrospectiva — eu era fiscal do Sarney! (Idiotia retrospectiva: seria uma boa expressão para usar hoje? Não, é um humor grosseiro, e a expressão é logicamente defeituosa. Talvez com a preposição: *em retrospectiva*.)

Dois anos depois ele diria exatamente ao mesmo João Veris no mesmo café, na mesma hora, com o mesmo papel A4 e as mesmas tachinhas: É preciso acreditar em alguma coisa. A ditadura acabou. Por que não apostar no Plano Cruzado? Ele abriu os olhos, picado pela ansiedade: de maneira que esse idiota quase bateu na vendedora porque a loja aumentou o preço do disquete de computador, de acordo com as regras imortais de Adam Smith. Imortais, não! — *imorais! O livre mercado é imoral!* As bolachas flexíveis dos computadores de merda, caríssimos, que o Brasil orgulhosamente produzia, tinham subido de preço. Alguém disse isso, com a boca suja: a reserva de mercado da informática promovida pelos milicos é a maior cagada que o país já fez nos últimos anos, e houve uma discussão que se tornou violenta, colérica, perigosa — num gesto brusco, alguém derramou café na camisa e ninguém se aproximou para auxiliar, um paninho que fosse, um guardanapo, um gesto de apoio, uma consternação, nada (faltou uma mulher naquela roda de machos); um fio de café de alto a baixo rachando o peito inflado de raiva. As pessoas levavam aquilo a sério. Todos bufando. Os tempos heroicos do Partido dos Trabalhadores. Células lutadoras em toda parte, conquistar o país palmo a palmo — toda a inteligência do Brasil do nosso lado, para salvá-lo. Não podemos entregá-lo para a Microsoft! Então os militares estão certos? São as contradições da História, e o Partido é a Vanguarda da Luta Política. Vamos entregá-lo ao Partido, talvez dissessem hoje — não, não seria elegante. Não vou me meter nessa conversa. Eu nunca tive opinião formada. Senhores, numa palavra: eu não sei e nunca soube. Como a tal Bolsa Família, que diminuiu a desigualdade social — e seus efeitos colaterais, senhores, a perenização da esmola? A angústia da opinião. Não. Não vou me meter nisso. Não sei. Não sou do ramo. Nunca fiz um discurso político na vida. Começo a falar de política e me irrito imediatamente. A Therèze que gostava; estava no seu fino sangue francês, ela farejava opiniões como um perdigueiro do bem. *Em retrospectiva*, ele poderia dizer no seu discurso, uma solução conciliatória, *ninguém de fato sabia o que iria acontecer no mundo*. Mas sabiam, senhores — talvez ele aventurasse, arriscando um dedo retoricamente em riste, ou apenas a mão aberta, conciliadora, um gesto mais suave —, sabiam o que queriam que acontecesse no Brasil. De modo que, de fato, conseguimos sustentar o atraso que queríamos, com orgulho e determinação! O risinho se perdeu. Para que lembrar isso? O que eu tenho mesmo a lembrar?

Ouviu o ruído da chave na porta da sala: dona Diva chegando, o que o tranquilizou, mas ao mesmo tempo o deprimiu, a máquina de pensar: eu me tranquilizei porque estou velho e preciso de alguém, cada vez mais vou precisar de alguém. Mas há uma força na minha alma, senhores — não posso ser acusado sem provas. Ele saiu do café para o corredor porque estava na hora da aula, mas isso foi desculpa, lembrou-se bem — ele saiu para se livrar da presença pegajosa de João Veris, com suas verdades irônicas sobre tudo e todos, com seu moralismo de conveniência, *essa direita corrupta!*, com suas soluções mágicas de um Estado Perfeito que há de nos redimir a todos, o seu amor ao regulamento e a sua postura de soldado, senhores! A Universidade era o seu hábitat legítimo, que lhe caía nos ombros como um capote aconchegante. Nunca deu uma única aula que prestasse na vida — mas naquele ano eu ainda não sabia disso, Veris estava começando, e já era membro importante da Associação dos Professores (ou foi depois?). Lutai por nós, João Veris! — alguém gritou com ironia, mas não era ironia. Alguém tem de fazer o trabalho sujo. *Aumento de salário, já!* Ou então *Fora FHC!*, como ele leu numa faixa, 15 anos depois (foram 15 anos, tudo isso mesmo? e contou os dedos da mão uma vez e meia, ano a ano), e lembra de ter matutado, no meio de uma inédita crise de coluna, perdido na calçada e por acaso na manifestação, o esquerdista acidental, o que significaria aquilo. O que eles estão propondo mesmo?

Eu saí para o corredor para me livrar da algaravia do café e mergulhar no poder terapêutico das aulas, o grande professor de Filologia Românica. Senhores, eu amava aquele anfiteatro: isso é verdade. O poder lúdico das palavras. Nunca fui bom — vou confessar agora — em filologia sociológica, digamos assim, a luta inglória por descobrir o culpado das coisas, mas eu era ótimo em gramática histórica, o lado neutro da linguagem, classificada como uma tábua de logaritmos, aquela sequência aparentemente matemática de metaplasmos. No meu mundo, o histórico entrava apenas como passagem do tempo, e não como encadeamento de causas e efeitos, o que sempre foi cientificamente confortável. Daí minha reação quando Therèze (assim mesmo, faltando um diacrítico; talvez eu contasse a história do acento faltante, mas não, é claro que não), quando Therèze apareceu diante de mim, eu me encolhendo diante de alguma coisa verdadeiramente promissora, de um projeto que, quem sabe, fosse verdadeiramente grande — você sente o que é o talento quando encontra um lampejo dele pela frente, e imediatamente recuei: Minha cara, não dá para se meter em tudo! Lamento. Bem, felizmente ela não desistiu. E, enfim, palavras seduzem. Aliás, só as palavras seduzem. Mais nada.

Vou contar uma história! Aqui eu devo sustentar uma breve pausa retórica, e correr os olhos pelos olhos dos meus velhos colegas — vou sentir a aura de simpatia que certamente emanará daquela plateia generosa, ali no novo auditório das Humanas, inteiro paramentado para a homenagem, certamente quase lotado. Todos gostam de uma boa história de amor, ainda mais quando serve para suavizar a secura burocrática da entrega de uma medalha. Pois bem, eu vou dizer — e a ideia lhe deu uma euforia, como quem descobre a chave de sua vida, um momento de uma feliz palpitação, era isso que eu estava buscando para mim mesmo —, eu vou dizer que graças à queda das consoantes intervocálicas, ocorrida entre o século X e século XI, na região onde se fundaria lá por 1096 o Condado Portucalense, de onde vieram Portugal, Brasil e tudo que deu no que deu (as pessoas gostam de História, refugiam-se nela, confortam-se nela, tão atraente e tão distante! Napoleão, Gêngis Khan, Stálin, Péricles, Ivan, o garoto Terrível, Lincoln, Bolívar, Independência ou Morte! — tudo parece um desenho animado, como o mundo era interessante quando não fazíamos parte dele!), eu conheci Mônica, meu verdadeiro amor. Ela não está aqui na plateia, infelizmente. Ela morreu. Mas — Voltemos ao início de tudo, por favor. Era como se ele não conseguisse sair da cama sem antes fechar, em definitivo, o — *o sentido de sua vida*, ele decidiu com um sorriso, quase sem ironia, o indicador e o polegar traçando uma linha horizontal imaginária no ar, *o sentido da vida*. De onde tirei essa expressão, alguém me disse isso falando sério, e a lembrança escapava na ponta da alma. Não importa. Não deixemos por menos, colegas: *o sentido da minha vida*. E Heliseu manteve o sorriso, ouvindo o apito da chaleira com a água quase fervente, lá da cozinha, a porta do corredor aberta — logo sentiria o cheiro do café de dona Diva.

Eu saí para o corredor ainda ouvindo a voz de Veris convertendo outra vítima que acabava de chegar, e quase esbarrei com Mônica — foi isso. O desconforto de vê-la súbita na minha seara era sempre instantâneo, senhores. Até porque, no caso do meu filho, eu sempre achei que ela —

Sim, mas ninguém mata uma mulher por isso — e ele daria um sorriso com as mãos espalmadas lateralmente, num gesto certamente simpático, o humor singular do professor Heliseu quebrando o gelo da plateia. (Algumas pessoas, talvez, chegassem a esse extremo, mas não vêm ao caso. E nem foi o meu caso, por favor, senhores! É preciso ter foco quando se fala em público.) Em 1975 ela estava com... 28, 29 anos? Mais uma vez ele olhou para os dedos das mãos, para fazer as contas. Não era exatamente bonita, mas, atrás da mesa de trabalho, sorriu da estranha queda da consoante intervocálica no século XI que começou a nos separar, definitivamente, dos leoneses, dos castelhanos e enfim dos espanhóis. Vejam, até hoje, a nossa rivalidade com os argentinos — e ele esperaria o sorriso da plateia. Tudo começou quando *dolor* foi insidiosamente se transformando em *door* e então em *dor* — e pronto! Outra língua. Ou *pericolo* em *pericoo* e, com a sonorização concomitante do fonema *k*, em *perigo*. A perfeição latina, que só era real na escrita, e que já chegou aos fundos do quintal da Península Ibérica aos trancos e barrancos, na boca daqueles analfabetos carolas, porém vivazes, foi virando esta língua com que agora vos presenteio, e que já naquele tempo não queria ser castelhana, marcando a diferença em cada traço. Não — não posso dar uma aula magna. É que eu não sei fazer outra coisa.

Tudo para não falar de Mônica, queridos senhores, tão receptiva atrás da mesa de aplicações do Banco do Brasil, onde eu fugia da inflação nascente levando meu rico dinheirinho todo final de mês. Dinheiro suado, aulas de cursinho, cursos de redação, aulas particulares, o que aparecesse. Estudando para fazer concurso. Competição feroz. As pessoas se matam trabalhando, e a inflação naqueles tempos já começava a comer tudo, senhores. Mas, graças a Deus, havia a bendita correção monetária, uma invenção brasileira! — e os fundos do governo, que rendiam dia a dia. Uma maravilha. Como ele ouviria alguém dizer na televisão anos depois, e gravou a fala como uma aula perene de economia, área da ciência de que nunca entendeu muita coisa, *não só a gente financiava o país falido como também ganhava uns trocados, numa corrente da felicidade.* Queria me lembrar da palavra que nos aproximou naquele instante epifânico. Eu não gostava do nariz de Mônica — vou dizer a verdade, a sua pele era, assim, tinha desvãos de descuido, aqui e ali uma espinha mal cicatrizada, e o cabelo, aquela coisa presa no alto parece que de qualquer jeito, de quem saiu correndo de casa, e a todo momento ela ajeitava a mecha indócil na testa —, e sempre aparecia uma unha com cor pela metade, como se roída de aflição — mas eu amava a gentileza e a suavidade com que ela me recebia todo fim de mês, o sorriso parece que especialmente à minha espera. E os olhos — brilhavam nítidos, aqueles pequenos círculos negros de jabuticaba, como uma vez eu sussurrei no seu ouvido, bobinho, *meus olhos de jabuticaba, eu amo você*. Renda fixa? Fundos DI? Hoje temos os papéis Luna, que são uma opção interessante. Luna? E havia no logotipo uma lua crescente — acho que crescente, ou o publicitário seria demitido, eheh. Sim, é um *mix* de aplicações com uma proporção de 15% na bolsa, somente em empresas sólidas. É razoavelmente seguro — não para o senhor colocar tudo, mas uma parte. Diversificar as aplicações. Uma espécie de *overnight*, mas se o senhor deixar mais de 90 dias, o imposto cai quase a zero. Não se deve deixar todos os ovos na mesma cesta, esta é a lei do mercado, o mantra que ela repetia, sábia, todas as vezes em que eu me sentava diante dela, o que passei a fazer com mais frequência, não deixe todos os ovos na mesma cesta. E ela sorria: aplicar dinheiro é coisa divertida, *desde que o cliente assuma uma conduta moderada diante dos riscos*, recitava, como se lesse o texto no folheto colorido. Eu gostava dos dentes — Mônica já pertencia à geração dos aparelhos dentários, que, senhores, como *gremlins* adolescentes, monstrinhos enfim disseminados e multiplicados, ajudados pelo surpreendente crescimento da classe média, tanto bem fizeram e vêm fazendo à beleza da mulher brasileira! (Posso lançar uma outra pausa retórica, sustentada por um sorriso tranquilo.) *Luna*? Se você cortar aqui, e eu cortei o *n* do logotipo com a caneta que tirei delicadamente da mão dela, tem *lua*, eu disse — e isso aconteceu em torno do século XI, a queda das consoantes intervocálicas.

E sorri para ela, o coelho saindo da cartola.

— Assim — completei, mantendo a hipnose — você pode distinguir imediatamente uma palavra popular de uma palavra... (Senhores, eu quis evitar a palavra "erudita", porque soaria pedante; imaginei que haveria algo... *discriminatório*, como se diria hoje, na minha pose de sábio; a igualdade de todas as coisas do mundo começava a entrar na ordem do dia. Tudo estava mudando, eu estava na rua e não na cátedra, e quem não se adaptasse... eu tinha de ser rápido!) — e ela me salvou com uma saída surpreendente:

— *Aristocrática*!? Acertei?

— Acertou! Uma palavra aristocrática. Por exemplo: lunar. Se o *n*, em *lunar*, não caiu, é porque se recuperou na Renascença pela escrita, não pela fala. E a escrita paralisa a língua viva. — E agora baixei a voz, quase um sussurro, que ninguém ouvisse: — Já o *luar*, esse veio até nós pela boca do povo.

As jabuticabas dela se fixaram em mim por alguns segundos, brilhantes. Ela não estava mentindo quando, enfim, disse, com uma simplicidade atenta, carinhosa e generosa: *Puxa, que interessante*. (Não eram as palavras que importavam, entendam: ela estava pensando em outra coisa, muito melhor do que aquilo que dizia — a frase saiu automática.)

O meu coração deu uma disparadinha, porque ela permaneceu olhando nos meus olhos por mais tempo do que seria, quem sabe, adequado — também porque havia gente na fila para as aplicações matutinas, pessoas que bufavam, olhavam para o relógio e trocavam o pé de apoio e para as quais ela nunca deu a mínima, desde que eu estivesse sentado diante dela. E parece que só agora percebo isso, senhores. Percepções de longo prazo, que só o tempo revela.

— Você poderia me dar algumas aulas.

Vamos fixar esse momento, colegas, porque são instantes raros assim, que, apenas uma única vez, acontecem com todo mundo; momentos de uma insossa banalidade, mas que mudam nossa vida para sempre. Congelemos a cena, *stop motion*, como se diz hoje, figurinhas de massa colorida. O coração dela também acelerou, eu *senti*. A blusa branca de decote discreto, bordada com um delicado motivo azul, uma sequência de florzinhas, ia e vinha sutil ao sabor da respiração mais densa. Adivinhei um sutiã firme que empinava o conjunto. E Mônica sempre teve postura, uma mulher permanentemente de queixo erguido. Mas vamos ao diagnóstico, senhores. Primeiro sintoma: ela passou de *senhor* para *você*. Segundo, a intensidade das jabuticabas. Terceiro: a mão, falsamente por acaso, pegando a caneta de volta, sobre a luna cortada, tocando minha mão — e, enfim, somando tudo, aquele segundo suspenso entre duas pessoas que se olham e, num inexplicável repente, me perdoem a poesia, veem a vida inteira pela frente. Filhos desfilavam felizes naquela papelada. Eu poderia acrescentar: o poder da queda das consoantes intervocálicas, que nos separou para sempre dos espanhóis. Mas não das espanholas — e ele teve um acesso de riso, que controlou até transformá-lo em tosse, ou dona Diva imaginaria que ele já está definitivamente louco, Alzheimer a galope com sua foice de — de quê mesmo?, e ele riu de novo, agora baixinho.

A primeira coisa que deveria ter feito quando a Mônica morreu era demitir a dona Diva, para, enfim, ficar sozinho: mas alguma coisa — a dura concentração do olhar da velha, aquele terror no momento da queda, o vômito no chão, e no dia seguinte, e na outra semana, e nos meses sem fim, como se cobrasse alguma coisa, ou, pior, como se o ameaçasse, como se — e ele não teve coragem. Colocou a mão no ombro de dona Diva, nascida Divina, aquele indecifrável busto índio-negro-mulato-branco, na primeira e única vez durante os 27 anos que ela frequentou aquele velho apartamento em que ele tocou-a fisicamente, e arrancou a voz mais soturna de que era capaz, de modo a emoldurar a mentira: Neste duro momento, ainda bem que tenho a senhora, dona Diva. Obrigado.

As espanholas: eu me perdi, senhores. Um pequeno jogo de palavras com a Mônica, cuja avó por parte de mãe era galega, e cujo bisavô por parte de pai era catalão; entre um e outro que costumeiramente se matavam naquelas vastas extensões ibéricas, a brasileirada de sempre, esta nossa sagrada misturança. Mulher dura na queda, senhores, se me permitem o trocadilho. (Sentiu imediatamente um rubor queimando-lhe o rosto — tenho de cuidar cada palavra.)

Mas deixemos Mônica no corredor do departamento, invadindo insidiosa o meu território (havia algo de roedor no jeito dela, o que ele começou a perceber assim que casaram, as jabuticabas muito próximas uma da outra, o espírito sempre atentíssimo ao menor perigo, e os dentinhos tão brancos) — eu esqueci agora o argumento dela, do que ela estava mesmo falando. Ah, sim: *aulas de inglês!* Ela queria aulas de inglês. O mundo estava mudando: sem inglês, de que serve uma bancária apenas com o segundo grau, mesmo concursada do Banco do Brasil, o paraíso dos barnabés? Seria certamente demitida em breve, com aquela automação toda se armando no horizonte, só se falava disso, *logo todo mundo terá um computador em casa*, é o que diziam alarmados. E a universidade oferecia cursos de inglês para a *comunidade*, uma palavra-chave daqueles tempos revolucionários. Sim, temos de pensar na *comunidade*. Sim, é preciso estimular a integração entre a universidade e a *comunidade*. Sim, é preciso abrir as portas da universidade para a *comunidade*. Sinceramente, senhores: não teria sido melhor, não teria sido mais sensato, em vez de querer estudar inglês, ela — mas foi incapaz de terminar a frase: certas coisas não se dizem. É como se ele intuísse que aquilo, já naqueles impressentidos primórdios, seria o começo do fim. *Ela cuidar do filho*.

Estou ainda com a folha A4 e suas tachinhas no quadro do café, levantando a base como um gesto de saia ao vento a cada movimento brusco: Filologia Românica, 10h30-12h30. O vento ergue a saia das mulheres: era esse o verso, relembrou. Mas não tenho mais certeza do ano, se 82, 84, 86, se era de fato a discussão com João Veris e o murro de Newton Cruz e o esbarrão da Mônica. O confisco da poupança foi bem depois, o fim, e dele não se esqueceria, ele e Therèze no café, a menina ao lado. O problema da gramática histórica — e aqui certamente eles vão achar engraçado — é que chafurdando nela perdemos a noção do tempo, eheh. A verdade é, senhores — e posso sentir agora o suspense na plateia, quando enfim eu abro o prontuário da minha vida e vou direto aos fatos: agora sim. Avancei para o anfiteatro (vejam bem, o dedo em riste advertindo: para o anfiteatro que haveria de mudar a minha vida, em outro daqueles momentos-chave, irremediavelmente transformadores) pensando no meu filho, de 5 ou 7 ou 8 anos de idade, exatamente naquele momento nas mãos de dona Diva, quando deveria, é claro, estar nas mãos de dona Mônica que, entretanto, queria estudar inglês, peças que não se encaixam, se vocês me entendem. Eu sei: um machismo estúpido. *Mas eu paguei o preço; estou livre*, como dizem os ex-presidiários que cumpriram as penas de seus crimes e saem para o sol, a cena final, comovente e redentora dos filmes de aventura, ele pensou em acrescentar, apagando imediatamente a ideia ridícula. Fica entre nós, por favor.

O meu pai não era judeu, mas, ao contrário do que muitas vezes acontece com os góis, ele sofria de filossemitismo — acho que é essa a expressão — e não de antissemitismo, que é a forma mais popular da síndrome, até mesmo entre os judeus, que, como vocês sabem, adoram contar piadas de judeus, como aquela da divisão da pizza, vocês conhecem? Calma: eu a ouvi de um judeu! (Não; posso até sentir o calafrio diante do silêncio da plateia, um vácuo agora irrecuperável; não não não. Voltar atrás.) Eu falava do filossemitismo. Tentando dar uma explicação histórica, eu diria que o puritanismo cristão do meu pai era tão intenso e profundo, o seu calvinismo instintivo tão denso e impermeável, que o sentimento religioso dele dispensava todas as manifestações históricas da religião, dispensava os acidentes, as heresias, os protestos, os papas, os calvinos, dispensava o próprio Cristo, e se arremessava inteiro no deserto escuro ouvindo a voz de Abrahão. Em suma, virtualmente um judeu que, por acaso, nasceu cristão. O resto era um teatro ritual, como a missa dos domingos, a que fui obrigado a assistir até quase os 30 anos, sem falar dos anos de seminário. Onde mais se encontra um bom filólogo? No Triunfo da Ignorância? — perguntaria meu pai, olhando o mundo em torno. Ora, nos que estudam as escrituras, ou a Torá, ele poderia dizer. E acrescentava: É nos seminários que se encontram os verdadeiros filólogos. E não no meio desses pastores analfabetos, a mão sacudindo para frisar seu desprezo. Como os seminários estão acabando e os pastores proliferam — mas isso é outra história. Passei em todos os meus exames e concursos com sobras gritantes de conhecimento. Sempre fui um homem imbatível — posso até dizer isso para dona Diva, ela que não me olhe com aquela eterna suspeição de seu olhar índio quando vier aqui me avisar que o café está na mesa. (Tudo é química: sinto neste exato momento a mudança sutil de humor, como numa cabala de Hipócrates — não é a minha vontade que conta, é a pipeta dos humores.) Como se, especificamente naquela manhã, outro instante banal que muda a direção da vida para sempre, eu não quisesse entrar no anfiteatro, senhores, repetir o mesmo gesto de milhares de vezes, atravessar a porta dupla com meu passo solene, sorrir discretamente para os 60 alunos de sempre, colocar livros, pastas com textos corrigidos e caderneta de chamada sobre a mesa, e — aguardando aqueles segundos, o termômetro da minha relevância, em que sutilmente o burburinho ainda adolescente vai silenciando até a gravidade do respeito e do silêncio —, e então eu diria "bom dia". Que quase nunca teria resposta além de dois ou três balbucios ininteligíveis — apenas um silêncio expectante. O bom catedrático assusta. Nada de tapinhas conciliadores.

Não, retificando — eu acho que o meu filho já estava com 8 anos, portanto isso aconteceu quando eu entrava no anfiteatro nos anos 80, depois que trocaram a velha e pesada porta dupla por outra leve e vagabunda, e puseram um telão que descia por um ridículo controle remoto, o mesmo controle que desapareceu dois meses depois, o telão meio aberto, meio fechado, o lado direito mais baixo que o esquerdo, a coisa pendurada e desbeiçada sobre o velho e bom quadro-negro, e ninguém sabendo como resolver aquilo, antes pelo menos tínhamos um quadro velho com um aparador de giz, e agora essa merda inútil — a Mônica que era boa para datas, exatíssima: Não, Heliseu, aquilo foi em junho de 86, no mês do aniversário da Isaura, quando eu quebrei o braço na escada do banco, lembra? Rendeu quatro meses de licença. Ou então: Sim, passamos a semana no Rio e choveu torrencialmente, em janeiro de 89; você encontrou o Rubens naquele restaurante de Ipanema, não lembra? Ele estava com uma loira de óculos com fundo de garrafa. E tinha um nome engraçado: Masdalena. E no hotel tentaram te cobrar uma diária a mais. Uma precisão inacreditável, que deixava tudo nítido, um filme em alta definição. *Blu-ray*, como se diz hoje. Conversando com Mônica, senhores, você se sentia seguro: a palavra é "nitidez". Uma perpétua correlação de imagem, tempo e linguagem, que emendava analogicamente o azulejo lascado do banheiro, flagrado ao escovar os dentes, com o dia em que morreu Ayrton Senna, quando, é claro, serviu-se macarrão com molho de carne (e não tinha mais parmesão, como disse dona Diva, assomando à porta da sala). Ah, e naquele domingo você saiu para dar uma caminhada. Lembra? Mônica era assim. E eu brincava com ela, uma piada que só a alguém como eu ocorreria, como ela mesma disse: Mônica Mnemônica!

E o que ela extraía dessa espetacular capacidade recapitulativa da vida e do mundo? Nada. O mundo se basta a si mesmo, e o poder mimético de relacionar o apito do trem numa manhã de terça-feira com a perda de um pé de chinelo e o cheiro ruim do ralo do banheiro já é recompensa suficiente para nosso tirocínio e para dar algum sentido à vida. Mas estou sendo injusto com meus olhinhos de jabuticaba. Porque há o conforto da satisfação sexual, senhores! Aqui eles vão dizer: o Heliseu, definitivamente, enlouqueceu, eheh! — esse tão menosprezado prazer, que todo mundo se esforça para cobrir com a gosma do amor, na hipótese boa, e da vergonha, na hipótese ruim. E que belíssimo conforto, senhores! É um prazer maravilhoso, mesmo (ou quem sabe especialmente) para um seminarista recalcado como eu.

Sim, vou confessar: as coisas começaram mal para mim, lá atrás, em 1948. Mas felizmente nunca me tornei um pedófilo — isso posso garantir. Uma pessoa menos forte teria sucumbido às investidas que sofre um adolescente por um cônego fescenino. Às vezes passará o resto da vida tentando reproduzir a cena soturna (ela é sempre soturna, sussurrada) com os papéis invertidos — eu li alguma coisa assim. Uma espécie de disco riscado que volta sempre ao mesmo ponto, que ouvimos sempre de novo imaginando que talvez a música vá adiante, mude a letra, mas ela não vai adiante nem muda a letra. Há quem, unicamente por esta breve sinapse interrompida, passe a colecionar pessoas em pedaços no porão das casas, cabeças no fundo de um *freezer*, mãos enterradas sob um pé de jabuticaba. Também não foi o meu caso, devo acrescentar com um sorriso, que ninguém pense que eu —

Mas poderia ser, ainda mais quando o próprio pai (e eu tive a coragem de contar para ele, do que não me envergonho, pelo menos isso) chega a sugerir, balbuciante, como quem procura uma ameaça que restaure a ordem, *que se você não tivesse sido tão* — bem, tão alguma coisa, isso não teria acontecido. Vamos rezar, meu filho. Deus tudo vê. Mas mesmo para Ele há um limite da exposição da intimidade, *certas coisas não se dizem, filho* — tranquilizem-se, senhores, por favor. Cheguei a ver um casal se levantando na terceira fila, e a ouvir o burburinho da plateia imaginária: o que mais teremos de aguentar do professor Heliseu? É assim que ele quer receber medalha?

Por favor, fiquem tranquilos. Vou fazer como meu filho, que elegantemente sempre me poupou dos detalhes. Há cinco meses me ligou de San Francisco — foi a última vez que falamos, eu acho — para dizer que eles se inscreveram para adotar uma criança e acabaram de ser chamados. Uma menina! Dei os parabéns. Eu até fui caloroso, arrancando um tom sincero de voz do fundo de tantos e tão completos desastres: Parabéns, filho! E repeti: Parabéns!! O que me leva de novo à língua inglesa, à Mônica, à minha enésima entrada triunfal no anfiteatro depois de deixar atrás de mim o discurso de João Veris, agora mais velho, veterano das caravanas a Brasília, a luta continua, a direita é incansável, não podemos esmorecer!, e o esbarrão na minha mulher: *Heliseu, eu posso frequentar as aulas das quatro da tarde, e ainda consigo dispensa do banco, na rubrica de Capacitação Profissional!* Ela estava realmente feliz.

Vou dizer de uma vez: eu senti um ciúme pré-histórico da minha mulher. A alegria dela enterrou-se aguda no meu peito, e não saiu mais. Ciúme ou inveja? Foi o começo do fim, e tínhamos ainda uma vida inteira pela frente, como diz todo mundo. Talvez nesse momento eu repita mais uma vez a clássica pergunta retórica, para diminuir a intensidade dramática da confissão, afastando-me emocionalmente de mim mesmo, o que só aprendi a fazer depois de muito velho: Será o ciúme manifestação paradoxal do amor, e tanto mais intenso o sentimento azedo que nos corrói quanto mais alta for a paixão que nos consome? Aqui aguardo dez segundos em silêncio, para que os surrados versos em prosa calem fundo nos ouvidos, principalmente nos das mulheres. As mulheres gostam de mergulhar nas emoções. Que elas não me ouçam, senhores! Não sei se os tempos mudaram; eu, de fato, nunca mudei. Duro como pedra. Assim, quando os olhos de jabuticaba me seduziram, tão próximos um do outro, senti o êxtase do carinho: alguém me ama. O que se traduziu, no nosso primeiro encontro, numa prosaica sessão de cinema que culminou num beijo. Não sei explicar: a proximidade física, o rompimento da intimidade, a aura de abandono, o puro e simples desejo físico que se vê misteriosa e completamente correspondido, como em nenhum outro momento da vida — quando voltei a abrir os olhos, eu *tinha* alguém (e talvez, no palco, eu feche a mão direita num gesto rápido, como quem agarra firme uma pedrinha que cai ou uma mosca que voa). E Mônica, *plim!*, ficou bela como uma princesa — as pessoas gostam de ouvir coisas assim: posso até manter uma breve pausa, antes de afinal avançar naquele corredor em que ela esbarrou comigo, alguns anos depois: aulas de inglês.

É que há um momento, senhores, passada a longa febre, em que queremos ficar um tempo sozinhos, principalmente em nosso território. Um cansaço mortal da vida caseira. Dizem que a biologia explica, dizem que a cultura explica, dizem que as duas coisas explicam, e que assim não escolhemos nada, o que é bastante confortável, além de profundamente científico, tudo comprovado, preto no branco, gráficos e tabelas indiscutíveis. Inventaram até uma coisa chamada neurociência, de consumo popular, que explica até o que o diabo não explica. Aliás, substitui com vantagens Deus e o Diabo. Assim, sou uma vítima. Somos pobres vítimas. O século XX foi, com toda razão, o século das vítimas. Por onde quer que se andasse, montanhas de vítimas. Algumas terraplenadas nuas e secas em covas coletivas. Outras gordas e bem nutridas: vítimas. Vítimas armadas e vítimas desarmadas. Todos vítimas. A maior hipertrofia de vítimas da História da Humanidade. A vontade própria, essa birra adolescente, ou a escolha, esse anacronismo bíblico, ou o livre-arbítrio, essa excrescência filosófica, tudo se refugiou mais abaixo que os subterrâneos. Vítimas por toda parte. Dava até pena. Aqueles dois andando de moto — *Easy Rider*, lembrei o nome do filme — também eram vítimas, e por isso saíam por aí desprezando o mundo e fumando maconha. Vítimas da sociedade, era assim que se dizia naquele tempo. *Eles são vítimas da sociedade*, lembro Mônica dizendo na semana seguinte numa festa do cursinho em que eu dava aulas, a primeira vez em que eu a mostrei orgulhosamente ao mundo, e só largava sua mão, relutante, apenas quando ela pedia para ir ao banheiro, avançando por um corredor espesso de fumaça, pernas atravessadas no chão e copos de uísque, vinho, cerveja. Sua minissaia vermelha me deixava aflito, não pelas pernas à mostra, senhores, que era a moda (eu poderia acrescentar, "como vocês certamente se lembram", se a idade da plateia bater com a minha, o que é bastante provável, somando as idades chegaremos a Tutankâmon) — mas porque, no conjunto, em suas pernas havia um arco deselegante que separava os joelhos. Mônica tinha as pernas tortas, de maneira que — não, não vou falar disso, Heliseu decidiu. É irrelevante. Mas fiquei impressionado com a segurança com que ela discutia cinema, o incrível modo de quem está perfeitamente convicta do que diz, que ela jamais perdeu. E, na rua — os *shoppings* ainda não estavam na moda, passeávamos muito naquele tempo, vendo lojas e preparando o casamento, que foi simples e comovente —, sempre que encontrava uma palavra à solta, Mônica perguntava de onde ela vinha, um modo carinhoso de me agradar. *Alfaiate?* Vem do árabe — eles ocuparam a Península Ibérica por 800 anos e deixaram umas 1.000 palavras entre nós, mas nenhuma estrutural. Não há conjunções ou preposições — somente nomes. O que diz muito sobre a natureza poíítico-social dessa ocupação quase milenar (mas isso eu só iria frisar anos depois, ao conhecer Therèze) — e Mônica se distraía: vamos dar uma olhada naquela loja de cortinas? Até para... E eu interrompia: talvez *até*, um caso único. Há quem diga que deriva do árabe, o -*a* inicial um resquício do artigo árabe -*al*. Os olhos de Mônica não desgrudavam da cortina azul, mas a alma prosseguia comigo: E o que você acha? Eu também olhava a cortina. Eu acho que é pouquíssimo provável. Certamente *até* é uma típica corruptela do latim. Aqui não há necessidade de procurar chifre em cabeça de árabe. (Não: isso inventei agora, senhores. Nos anos 70 essa expressão não me ocorreria.) Heli (naquele tempo ela me chamava de Heli — é o caso não tão raro de um apelido que, carinhosamente criado pelo amor num momento da vida, vai desaparecendo na mesma medida em que o amor também desvanece, sem deixar rastro; a última vez em que ela pronunciou o "Heli", antes de aguar suas plantas, o tom era rasgadamente irônico e as mãos estavam na cintura, aquele seu gesto vulgar e estúpido que me dava uma irritação quase que demoníaca, e que ela repetia cada vez com mais frequência, a bunda torta apoiada na perna esquerda, como o esboço de um cartum mal desenhado) — Heli, o azul vai ficar bem na sala — se a gente comprar mesmo aquele sofá bege. Até combina. *Até*

O aroma do café chegou a ele, e uma rápida maquinação de causas e efeitos em sua cabeça imaginou que logo dona Diva assomaria à porta para lhe fazer alguma pergunta objetiva, ou isso, ou aquilo, como eram todas as perguntas de dona Diva e como rarissimamente ele conseguiu ouvir ao longo de seus 40 anos de sala de aula. Exceto, naturalmente, durante o "caso Therèze" — talvez ele pudesse dizer assim, como um cientista apresentando aos seus pares um rigoroso estudo de caso, a lâmina ao microscópio. Mas antes ele precisaria entrar de novo naquele anfiteatro depois de esbarrar, mais uma vez, em sua Mônica querendo aulas de inglês. As aulas de filologia românica — e os pitorescos casos de queda das consoantes intervocálicas, com ditongação subsequente, *arena, area, areia* — não eram mais suficientes.

— Senhores, ela queria aulas de inglês.

— O senhor me chamou, doutor Heliseu?

Levou um susto com a imagem de dona Diva à porta do quarto — o mesmo susto que o assombrava todas as vezes em que ela assomava em silêncio na sua vida, uma presença que ele nunca conseguiu interpretar exatamente, se era ameaçadora, tranquila, acidental, indiferente ou apenas obsequiosa, a atenção gentil de uma empregada fiel, que, sendo quase íntima, jamais ultrapassava o umbral da intimidade, sabendo o seu lugar — ali, no limite da porta, a silhueta inteira sob o batente, com sua magreza tensa, sua saia sempre longa, os cabelos sempre compridos presos na nuca e se espraiando em tranças nas costas porque a religião não permite cortá-los — uma vez ela disse algo assim quando ele (não; quando a Mônica) fez uma pergunta mais pessoal, num tom sorridente, sobre os longos cabelos de dona Diva. A religião controla as pessoas: isso é bom, ele se lembra de ter dito à Mônica, e tiveram uma breve rusga pela intensidade, ou antes *agressividade*, da expressão "controlar", que pareceu pesada a ela e exata a ele: Não é assim que o mundo funciona, Heli, disse-lhe Mônica. Falta religião para as pessoas, uma vez ele disse, como quem faz um desabafo irreprimível diante da vanguarda moderna de seus colegas (e ouviu que era o contrário, que havia religião *demais*, veja o absurdo no Irã, o que estão fazendo com Salman Rushdie, alguém berrou para ele) naquele mesmo café olhando para a mesma folha A4 de onde ele disparou para o anfiteatro esbarrando em Mônica. Mas falta religião para quais pessoas? — alguém contemporizou, colocando açúcar no café. Ele quase respondeu: as pessoas pobres, ignorantes, semianalfabetas, que, sem religião, entrarão nas nossas casas, estuprarão nossas mulheres, roubarão nossos computadores e matarão nossos filhos, porque, *apud* Karamázov, se Deus não existe, tudo é permitido. Ele teria dito isso com ironia, imaginou-se explicando, mas eu nunca fui bom em ironia, uma vez ele confessou à Mônica, minha ironia sempre chega literal ao destinatário; quando eu falava da queda das consoantes intervocálicas era uma imagem, mas você recebia como aula, de modo que ele fingiu não ouvir a pergunta, *ora, que pessoas?!*, mexendo o cafezinho no copo plástico com aquele palitinho também de plástico, mais o picote do microenvelope de açúcar, tudo babado em torno, um conjunto desagradável de coisas nojentas, o copo mole queimando-lhe os dedos — vou já para o anfiteatro, lá eu sou Rei e vivo em paz. Antes de sair, pensou em dizer, para criar um paradoxo: a religião é o contrário da televisão: a TV corrompe o povo analfabeto, mas é útil para nós, a elite letrada, que sabe fazer bom uso dela; já a religião é útil para o povo, que entende sua lógica e se ajoelha certinho, mas corrompe a elite, que, unida em Cristo, se torna carola, gosmenta e de extrema direita, isso quando não mistura ciência com religião e descerebra-se definitivamente e sem cura. Era isso que eu deveria ter dito.

— O senhor me chamou, doutor Heliseu?

A televisão está acabando, disse-me Therèze num de nossos últimos encontros: lembra de *Fahrenheit 451*, do Truffaut? As telas que as pessoas vão pôr nas paredes já serão outra coisa. Therèze era boa também em previsões — ou, no caso dela mesma, em conduzir o próprio futuro, guia sutil de si mesma. Essas caixinhas vão desaparecer. *Requiescát in pace*: é assim que se pronuncia a expressão latina?, Therèze perguntou, e acendeu um cigarro. Eu, não fumante, sempre me perguntava o que pensaria Mônica do cheiro de cigarro em minha roupa ao chegar em casa, o que era bobagem, ou apenas a culpa secreta, porque o mundo só anos depois deixaria progressivamente de fumar à razão de centenas de fumantes por minuto.

Ele ficou olhando o rosto sempre igual de dona Diva. Às vezes fantasiava que ela estava mais índia, outros dias mais negra, às vezes mais branca, e era como se cada face tivesse traços inconfundíveis de comportamento, que ele poderia abstrair em teorias esquemáticas, quem sabe úteis para o café, a sua ágora — e às vezes dona Diva resultava absolutamente indecifrável, como neste exato momento. O problema é que eu ando falando sozinho já há uns dois ou três anos, e não me apercebo. Terei dito algo impróprio, uma confissão mortal, um palavrão avulso, uma cena de sexo? As pernas de Therèze, por exemplo, que em golfadas de memória voltavam-lhe como asas em torno do seu pescoço com uma maciez que agora lhe doía na alma. O tempo que passou e que os anos não trazem mais, recitou. A minha infância querida, e ele deixou escapar um sorriso para dona Diva, atravessado pela lembrança dos dedos de sua mãe em seus cabelos.

— Bom dia, dona Diva.

O apartamento, ainda que muito confortável e banhado de luz (*é face norte*, cochichou Mônica décadas atrás, temendo paranoica que o corretor subisse o preço justo por isso), não era suficientemente grande para manter as distâncias, de modo que sua empregada imemorial estava a três passos de sua cama, a poucos metros da sala, e dali, por um corredor de cinco passos, chegava-se à cozinha — de qualquer forma, ele pensou quase em voz alta, o cenário em que vivo já é quase mais de hospital que de alcova; mais um pouco haverá aqui, quem sabe, o cabide de um tubo de soro direto na veia. Mas ela não correspondeu ao sorriso. Aguardava uma palavra, já com uma visível fissura de apreensão nos lábios, até cortar o silêncio:

— O senhor quer que eu lhe traga o café? — era uma pergunta que temia a resposta.

— Não não, eu só estava falando sozinho — disse ele distraído, na esperança de fazer graça, a cabeça ainda um minuto antes.

Fitaram-se de novo, com a surpresa de quem cai mais uma vez na mesma situação tensa, mutuamente incompreensível, até que ele, arrastando-se com dificuldade para longe da sombra de Therèze, reassumiu a rotina:

— Eu vou tomar café na sala. Daqui a pouco — e um gesto irritadiço, ou apenas impaciente, parecia expulsá-la dali, porque ele queria recuperar aquele fiapo de memória, uma imagem que lhe deu um prazer de segundos mas que agora desaparecia sem rastro: Therèze, minha mãe, Mônica, Úrsula, Bruma? Quando reabriu os olhos, dona Diva não estava mais ali: apurou o ouvido e sentiu a porta da cozinha se fechar adiante. Será que ela ouviu alguma coisa que ele tenha dito em voz alta? O Inspetor Maigret — ele imaginou alguém assim, um homem sutil, discreto, cachimbo à mão, capaz de compreender as finas camadas de realidade que, como chapas delicadas de gelo finíssimo, celuloides nervurados, repousam sob a aparência suja e descuidada das coisas, à espera de uma inteligência que as interprete — conversava com dona Diva diante da mesa da sala, enquanto um outro policial lhe estendia um copo d'água. Afastaram-no de um modo surpreendentemente gentil da área de serviço, da cena do crime, por assim dizer, é apenas uma *expressão padrão*, ele se justificou, o vômito já limpo do piso pelas mãos atentas de dona Diva, mas o gosto azedo permanecia nos lábios, o lenço inútil nas mãos, ele queria lavar-se mas não teve tempo — levaram-no à poltrona da sala, a mesma que era a preferida de Mônica, e ali ele ficou. Ela foi aguar as plantas, o homem perguntou sem ênfase, mais uma afirmação, como quem recapitula o que já sabe, e ao mesmo tempo pondera o inescrutável absurdo das coisas simples, e Heliseu ouviu a voz nítida e aguda de dona Diva à mesa da sala, Eu estava no quarto fazendo a cama, o que o Inspetor Maigret — na verdade um policial grosseiro mas tímido, claramente fora de seu hábitat, tentando se livrar logo daquilo em canetadas ilegíveis que anotava num caderninho, como se fizesse ponta num filme cheio de estrelas — o que o inspetor ouvia com mal disfarçada impaciência. Eu até ponderei, senhores — ele poderia dizer na cerimônia de hoje, baixando respeitoso a voz ao repartir com a plateia atenta a intimidade do pior momento de sua vida —, eu ponderei a ideia de sentar ao lado de dona Diva e esclarecer didaticamente com os policiais os pontos faltantes, se é que os havia, mas achei por bem ficar onde estava, olhos marejados, e beber a água oferecida em goles quase soluçantes. O senhor tem certeza de que não precisa de um médico? — e a mão do homem tocava levíssima o meu ombro. A palavra "médico" (eu acho que foi isso que eu pensei, absurdo, naquele instante), pelo simples fato de ser uma proparoxítona, num sistema fônico em que a posição da sílaba tônica é significativa, como no Português, não tem raízes populares, desembarcando na língua pela via da escrita, durante a Renascença, a partir do final do século XX. Repugnam à oralidade do Português palavras proparoxítonas, que entraram e permaneceram na língua, digamos, a fórceps! — e ele daria um tapinha nas costas do policial: não é curioso? Desde a filologia médicos não são populares, eheh! (E eu ocultaria a *lágrima*, esta palavra docemente dramática, a única que se manteve inalterada e sem sinônimo para sempre entre nós.)

A loucura — se fosse esse o caso, senhores, o que obviamente não é, mas dizemos assim por amor à retórica — começou pelo inesperado relâmpago do ciúme, em que Mônica acumulava sozinha os papéis de Desdêmona, Iago e Madame Bovary. Aulas de inglês! Antes, porém, preciso entrar naquele anfiteatro novamente. Mas era como se o inimigo, mais uma vez, me acompanhasse, como no sonho desta manhã — jamais consegui me livrar dele. Aquilo me deu uma irritação profunda — a invasão do meu espaço numa idade, ou num momento vital, em que eu começava a achar que poderia, quem sabe, *viver sozinho*. Eu não precisava mais da sombra de Mônica, dizendo as coisas cruamente. Havia um sopro de transformação no ar — os colegas da História (alguns deles eu tenho certeza de que irão à cerimônia — durante muitos anos partilhamos o mesmo corredor e o mesmo cafezinho, antes da grande reforma do prédio que nos colocou em órbitas distantes) saberão do que estou falando. Mais alguns poucos anos e o Brasil começaria a importar carros russos, chamados "Lada", sob a chancela de ninguém menos que Gorbatchov! E muito mais que isso: seria liberado o uso de cartão de crédito no exterior, o que haveria de nos dar um *frisson* de modernidade! Um paradoxo engraçado, ladas e cartões de crédito, o retrato daquele país, senhores! E quantas e quantas e quantas vezes me ligaram das rádios e das tevês perguntando sobre a invasão de palavras estrangeiras na pobre língua portuguesa! Doutor Heliseu, iremos sobreviver a esta *blitzkrieg* lexical e semântica?!, perguntavam os locutores indignados, à espera do meu terrível diagnóstico de especialista. "Deletar" é legítimo? "Mouse" é aceitável? "Software" está no espírito da língua? Delenda Carthago!

Senhores, foi um momento de ouro da minha vida profissional! Sim, anos 1990.

Mas estou me antecipando — uma coisa de cada vez. Antes de mais nada, a Mônica queria aulas de inglês, para subir profissionalmente. Sinceramente: eu comecei a achar — como quem tem um estalo! — que ela, e mais aquele filho (cuja porta eu abriria poucos anos depois só para comprovar minha profunda desconfiança — não, não vou dizer isso; não posso me deixar levar pelos sentimentos; os sentimentos mentem e traem, os sentimentos são invencivelmente preconceituosos, os sentimentos arrepiam à revelia da razão, os sentimentos são nossos inimigos fantasiados de irmãos — isso eu posso dizer: Senhores, os sentimentos mentem, enganam, traem!) — comecei a achar que ela e o filho estavam ocupando demasiadamente a minha vida, tirando-me a seiva, digamos assim. Um homem na faixa dos 40 anos é o triunfo da virilidade! A biologia clama! A neurociência explica! Tenho direitos que me foram usurpados! — acho que todos nós, homens, já sofremos essa sensação confortadora.

Não que eu não gostasse da minha espanhola. Era assim que eu a chamava, carinhosamente — um sussurro: "Minha querida espanhola." Antes da queda das consoantes intervocálicas, quando, então, começamos a nos separar! Na cama, a cavalo sobre mim, se me permitem essa fresta de intimidade, ela procurava cravos nas minhas costas rijas, e às vezes encontrava protoespinhas, ou berruguinhas: berruga ou verruga? E eu fazia o jogo: bassoura ou vassoura? Escolha! E eu te direi quem és e de onde vens! "E esse caroção aqui, de onde vem?" — e, bem, vocês entenderam. Eheh. Era muito bom. Ah, se eu fosse Fausto e pudesse vender minha alma baratinho ao diabo! Começava tudo de novo. Caroço: do latim vulgar, vulgaríssimo, minha querida, *carudium*, mas há quem diga que venha do coração, *cor*, *cordis*, e eu ia às nuvens, senhores, sob o *fellatio* — este de fonte erudita, *fellare*, a forma fina de chupar. Que potência! Que vitalidade! A arte de amar é alucinante, e é fátua como o fogo, mas quem quer saber disso no momento em que queima, se me permitem a poesia?

O ciúme é uma reserva de mercado, para falar de um modo contemporâneo deste sentimento antigo. Ou, no meu caso, uma acumulação de capital. Uma acumulação *involuntária*, digamos assim, que será mais preciso. Como eu disse, Mônica não era uma mulher bonita. Talvez eu tenha inconscientemente seguido o conselho do meu pai, num churrasco de família em algum dia que se perde no tempo: não sei se eu tinha 7 ou 15 ou 20 anos. Case com mulher feia, que ninguém cobiça. Meu pai tinha um sotaque de carroceiro. A alma também: uma brutalidade sincera e tranquila. Ele disse aquilo e não riu, como era de se esperar de uma piada, um breve besteirol de domingo: fixei meus olhos nele, para ler o que ele dizia sem falar — ficou muito sério. Ninguém cobiça, ele ainda sussurrou, reforçando. Naquele exato instante, aos 7, 15 ou 20 anos, tive certeza de que foi traído. Minha mãe era uma mulher belíssima. Lembro-me dela em preto e branco, linda como uma artista de cinema, se aproximando da cama em que eu, a sonhar, caía interminavelmente, e ela estendia a mão para os meus cabelos suados de medo, Meu querido, fique tranquilo, mamãe está aqui, e ela me abraçava, eu lembro do perfume no meu rosto e da calma quase absurda que se seguia ao instante em que ela tocava seu rosto no meu, os dedos acariciando meus cabelos molhados. Minha mãe morreu pouco tempo depois, de uma queda prolongada da escada de casa, estreita e perigosa, que nos levava inseguros da sala aos quartos, ela ainda movia o braço, ou o braço que se movia num gesto minimalista e repetitivo enquanto os olhos abertos, ainda vivos, pareciam não ver nada, e então ela morreu, e meu pai desceu em seguida, e parecia estranhamente transtornado, não era bem um transtorno, era, não sei, talvez um sentimento de fatalidade, como se ele já estivesse vivendo dois meses depois e não no exato segundo em que a coisa acontece, ele tocou na minha mãe como se fosse um médico, até que saiu à rua pedindo ajuda, esbaforido, como alguém que entra atrasado em cena quase que sem convicção, buscando as palavras certas na memória — naqueles tempos em que só pessoas muito ricas tinham telefone —, e enquanto eu fiquei ali, no terceiro degrau, sentado, vendo minha mãe, tive a certeza total, completa, absoluta, indiscutível de que meu pai havia matado minha mãe, mas eu não poderia formular isso em voz alta, senhores, porque era apenas um fato que se observa e sobre o qual não há nada a fazer, é parte integrante da vida, como se eu também já estivesse dois meses adiante e não naquele exato momento em que ela jazia em preto e branco ao pé da escada, e se alguém me perguntasse eu já saberia exatamente o que não dizer. Alguém me recolheu dali — duas mãos fortes que me pegaram pela cintura e me levantaram como a um pacote de algodão que precisa mudar de lugar e no momento seguinte já estou aqui, falando para os senhores.

Não, não vou dizer isso. Heliseu ouviu o ruído de pratos, xícaras e talheres sendo colocados na mesa da sala, ruídos discretamente excessivos, como se dona Diva quisesse acordá-lo de uma vez, mas sem dar a impressão de que fazia isso, que ele tomasse logo o café porque há a cama a arrumar e mais o aspirador de pó no tapete da sala e o banheiro, que deve estar imundo, hoje é segunda-feira, tudo por fazer, o dia da homenagem, ele lembrou, consultando o relógio da cabeceira: é cedo ainda. Marcaram para as 11 horas, uma boa escolha, ou não iria ninguém, assim eles aproveitam para matar a última aula, e Heliseu sorriu da autoironia, bocejou lentamente, a boca bem aberta, para tentar coçar por dentro um pequeno incômodo do ouvido esquerdo que parecia zumbir muito ao longe, passou a mão pelo peito magro, a barriga, que nunca cresceu muito — o clássico magro de ruim, como ouviu a vida inteira —, e dali aos pelos e ao pênis e um princípio de ereção, que ele sopesou com um prazer suave calculando quando teria sido a última vez em que se masturbou, sete meses atrás? O cardiologista recomendou caminhadas discretas, entregou algumas receitas, todas mais ou menos inócuas, *acidum acetylsalicylicum*, ora bolas, para isso que eu vim aqui? — e o médico se despediu dele efusivamente, como se já soubesse que nunca mais iria vê-lo, foi o que ele pensou, preferindo descer os quatro andares do prédio comercial pela escada, para começar sua vida nova, como tantas outras vezes. Lembrou-se do cheque pesado que assinou para pagar a consulta particular — poderia ter feito pelo velho convênio, mas pela primeira vez teve a percepção de que nada disso mais importava, escolheu o melhor cardiologista, também professor como ele, ele tinha um bom dinheiro em conta, mais dois imóveis que rendiam aluguel, e tudo ficaria para o seu filho de San Francisco, daqui a alguns anos, talvez para a filha adotada, *Afro-American*, quem sabe para o companheiro que ele nunca viu, quando a coisa toda se encerrasse. *A coisa toda*. Apesar dos pesares, ao sair do consultório e descer as escadas sentiu um certo sopro de vida nova, as coisas não vão tão mal, terei ainda uns anos tranquilos pela frente, desde que eu descubra o que fazer com eles, *é importante se ocupar*, alguém uma vez lhe disse e ele virou as costas, subitamente ofendido. E agora, tirando as mãos de si mesmo, ergueu o tronco para, enfim, tomar café: vida nova, senhores! Exatamente o que senti ao entrar naquele anfiteatro, depois da agulhada venenosa de ciúme. Aulas de inglês!

Therèze entrou atrasada. Na verdade, nem mesmo era sua aluna, fazia uma outra disciplina fácil e inútil só para não perder o semestre, e entrou no anfiteatro como quem errou o cálculo da hora — parou no meio do caminho e olhou o relógio, e todos olhamos para Therèze, os 60 alunos e eu, suspensos; ela sorriu para mim como um pedido de desculpas pela entrada abrupta que me interrompeu justamente quando eu começava a falar do espírito de Duarte Nunes de Leão, autor da primeira ortografia da Língua Portuguesa, do século XVI, quando Portugal, num curtíssimo espaço histórico, foi realmente uma presença enorme no mundo, para logo em seguida começar a desabar interminavelmente, num processo que ainda hoje não chegou ao fim (e isso eu dizia com voz mais baixa, como um parêntese, um toque brasileiro-provocativo de humor, mas ninguém se arriscava a achar graça nas minhas aulas, talvez eu falasse a sério e minhas notas eram pesadas como o juízo final) — e Duarte Nunes de Leão, orgulhoso de sua pátria, no ponto mais alto dela, era alguém que, no melhor espírito mercantilista, e ao mesmo tempo popular, dizia que as palavras são como moedas, só valem as de valor corrente, e propugnava uma ortografia fonética, *ca se falarmos tudo latinamente seremos chamados de língua pedantesca*, o que significa que ele perdeu a primeira batalha ortográfica, que ficou ortho-graphica até a virada do século XX, mas ganhou em última instância, nas reformas simplificadoras que se seguiram, nos anos 30 e 40 — e, dedo erguido para prosseguir, ante o silêncio do anfiteatro (eu sempre tive a noção do tempo nas minhas aulas, a cathedra é um theatro, as firulas são a essência), aguardando meu retorno ao século XVI, a porta se abriu barulhenta e Therèze surgiu dando três, quatro, cinco passos no palco vazio até parar de repente quase que exatamente diante de mim com os pés desencontrados e seu sorriso constrangido. Mas ela não pediu desculpas de viva voz, por assim dizer; apenas abaixou a cabeça fazendo uma expressão envergonhada de alguém distraído pego em fla-grante, um gesto que ao mesmo tempo era um contrateatro, uma caricatura, e avançou em passos lentos e exagerados de quem finge pisar em ovos na ponta dos pés (o que, eu percebi, arrancou risinhos abafados da plateia como uma palhaçada bem-sucedida), até alcançar uma cadeira vazia justamente na primeira fila, bem diante de mim, onde ime-diatamente cruzou as pernas num gesto gracioso, ajustando com as mãos discretas, também imediatamente, a barra do vestido no limite inferior do joelho direito, que ali permane-ceu — as duas pernas se inclinavam em diagonal, no senti-do contrário ao queixo, apoiado delicadamente pela sua mão esquerda, de onde escapava arisco um dedo mindinho, de modo que, do meu ponto de fuga, eu via um gracioso S ao contrário, se tivesse o dom do desenho: eis Therèze.

A nítida lembrança de Therèze — mas foi mesmo assim que aconteceu, tão precisa na memória? —, agitou-se Heliseu, o coração subitamente acelerado, um suor inexplicável na testa, um formigamento no braço, que ele coçou com um exagero ansioso, desejo de entrar debaixo do chuveiro e tomar um banho demorado, talvez de banheira. Com a cabeça ainda fixa no desenho de Therèze, abriu a gavetinha da mesa de cabeceira atrás do ansiolítico — ontem eu não tomei antes de dormir, ele lembrou, mas fechou a gaveta, como quem quer testar o próprio limite emocional. Basta um dia sem a química e a estabilidade do mundo parece que vem abaixo bem na minha cabeça, ele pensou em dizer à dona Diva, só para conversar alguma coisa durante o café, coisa que não fazia nunca. Às vezes ela tomava a iniciativa, sempre com um toque de medo — É preciso comprar café, ou Falta açúcar, e ele, pela manhã, deixava o dinheiro no balcão da cozinha, pegando o troco no mesmo lugar, no fim da tarde. Apurou o ouvido, para descobrir onde ela estava e talvez pedir um copo d'água, mas o silêncio em resposta foi brutal. Acho que vou abrir a cortina e a janela, ele pensou, e não se moveu. Depois da morte da Mônica, senhores, nunca mais consegui dar uma única ordem à dona Diva: ela enfim conquistou seus direitos — quem obedece aqui sou eu. Não não não. Isso não tem graça nenhuma e ninguém vai entender. Talvez ela seja o inimigo que eu procuro — seria o belo final de um livro de mistério, desviando a atenção do público. A mão direita do mágico mostra a cartola vazia, Vejam, senhores, não está aqui, enquanto a mão esquerda sub-repticiamente traz do bolso do colete a resposta inesperada: Senhores, o inimigo é uma mulher. Todos ficarão mesmerizados: como ele consegue fazer isso?! Não não não.

Eu não vou à homenagem. O impulso — voltou-lhe o formigamento — caiu na alma como uma decisão irrevogável a ferro e fogo, enfim a sua libertação aos 70 anos! Eu não vou. E, no mesmo instante, a decisão caiu no vazio, completamente esquecida em três segundos. Desta vez, nem chegou a dizer "que bobagem!", o seu mantra de décadas e décadas sempre que mudava o rumo de alguma decisão, "que bobagem!". Como sua recusa de visitar os pais de Mônica, aquelas figuras horrendas, depois de uma rusga ridícula com a mulher, eu não vou! E logo depois, que bobagem, eu vou sim, Mônica. Tudo bem. É claro que vou. O sentido da minha vida será apresentado hoje: como posso perdê-lo, senhores?

Talvez começar pelo filho: Senhores, todos me acusam pelo que aconteceu com Eduardo! O amor que não ousa dizer seu nome! Mas vejam: eu o perdoei. Eu o perdoei completamente! Ainda há um mês — não, faz mais tempo — falei com ele pelo telefone, dona Diva é testemunha. Eu cheguei a contar a ela — na verdade, eu apenas pensei em contar, falei a frase inteira mentalmente, o que é praticamente a mesma coisa, aquela ruminação do café da manhã, porque dona Diva há muitos anos adivinha as coisas, nem é preciso dizer, dona Diva sabe da minha vida até o que ela não precisava saber, senhores, e eu cheguei a pensar um dia que teria de me livrar dela, por bem ou por mal, mesmo que tivesse de enfrentar novamente o Inspetor Maigret: Dona Diva, meu filho vai adotar um filho. Ele está muito feliz em San Francisco. Houve algum problema na Justiça — isso eu não disse à dona Diva, e nem pensei, estou lembrando agora, refazendo aquele telefonema penoso — mas tudo foi resolvido. Nos Estados Unidos, não sei se a senhora sabe, tudo passa pela Justiça: eles são obsessivamente legalistas. Pau pau, pedra pedra. Escreveu não leu, fodeu-se. Lá, eu teria respondido por tantos crimes que eles já teriam arremessado a chave da minha cela bem longe. Cada fio de cabelo da minha vida seria colocado num plástico a vácuo como prova irrefutável. Eheh. Desculpe o palavrão que escapou, dona Diva. Meu filho disse: Pai, você precisava ver: o Andrew ficou exultante de felicidade, *excited*, acho que ele disse *excited*! A menina é linda! *Afro-American* de cabelos cacheados! *Beautiful, beautiful girl!* O inglês do meu filho é perfeito. *Excited!* E, no entanto, eu jamais consegui conversar com ele em língua nenhuma: ele sempre foi o filho da Mônica. O filho adorado da Mônica. O único filho da Mônica. De modo que, quando ela foi voando desta para melhor, meu filho voltou para o Brasil, me deu um abraço seco (na verdade, apenas estendeu a mão — eu é que o puxei para um abraço, e foi como agarrar uma tábua para dançar), pegou o avião para San Francisco e nunca mais apareceu aqui. Lá se vão uns vinte e tantos anos, senhores. Durante dez ou quinze, sequer um telefonema. A última coisa que ele me disse pessoalmente, com um desprezo rascante, foi: O Brasil é horrível. Como eu odeio isso aqui. A penúltima coisa foi (e ele estava realmente sofrendo, senhores, por isso devo dar o desconto, chorava copiosamente, como se dizia nos tempos de antanho: chorava copiosamente), a penúltima foi — mas devo mesmo contar isso justo no dia em que me fazem uma homenagem? Sim: estou atrás do sentido da vida — cada pista, ou cada evidência, como diria o Inspetor Maigret, é importante e pode deslindar o nó em que nos amarramos. A penúltima: Minha mãe morreu — você conseguiu mesmo, não? Foi premeditado?

Heliseu manteve meio segundo de silêncio, pensando na continuação, e sentiu o formigamento subir pelo braço, que agitou como um espanador: Ah, senhores, bobagens de criança! Ora! Nem respondi! Nenhuma novidade nisso: eu jamais consegui conversar com meu filho — desde pequeno, assim que eu o pegava no colo, ele dava chutes na minha barriga e começava a chorar, mijava-se inteiro, até que eu o devolvesse à Mônica, quando, então, ele imediatamente caía num sono sorridente e celeste. Havia alguma coisa secreta nos separando, e eu jamais consegui descobrir o que seria — e ele era tão brutalmente parecido comigo! Todos, todos diziam, abrindo um largo sorriso de felicidade, como se fizessem parte do nosso idílio familiar: Ele é o pai escarrado! Sim: a minha cara, isso é verdade. Eu jamais poderia chamá-la de Capitu, pelo menos até aquele momento. Mônica: talvez haja uma tranquilidade burguesa embutida neste nome, mas a origem, senhores, como boa proparoxítona, é grega, e certamente tem a ver com *monós*, ou único, a alma da solidão. Logo ela! Alguém visceralmente incapaz da solidão! Ou do latim *moneo* — a conselheira das aplicações, quem sabe. Mas é claro que os idiotas dos meus sogros não sabiam grego, nem latim, nem filosofia, nem nada. O nome antecipava uma história em quadrinhos para crianças de anos mais tarde, que era só o que eles liam. Já devem ter morrido. *Requiescát in pace*, como dizia Therèze. (Não, não se deixe tomar pela raiva; é uma homenagem; comporte-se!) Bem, houve uma Santa Mônica, mãe de Santo Agostinho — podem ter tirado o nome de uma folhinha de igreja. Senhores, perdão se estou sendo rude, mas se pelo menos tivessem lido Santo Agostinho saberiam o que é o peso de uma escolha. Não tem volta. Mesmo quando você não escolhe nada. Ou as coisas ficam nubladas e você avança no escuro como um soldado perdido, o dedo no gatilho, ou minha mão segurando o tornozelo de Mônica, um segundo antes aguando placidamente as plantas. Foi exatamente assim que aconteceu, inspetor: Eu estava aqui, protegendo-a, e —

Recapitulando: o café, a folha A4 com a tabela de aulas, que ergueu-se do quadro como a saia de uma mulher, o vento ergue a saia das mulheres, quando eu devolvi a garrafa térmica num gesto inesperadamente brusco. Você viu isso, o filho da puta do Newton Cruz, dizia o Veris, e mais alguém chegou — e então, caro inspetor, eu saí de cabeça baixa depois de engolir aquele café de um golpe só, morno, ruim, açucarado, o reacionário de sempre, quando tudo o que eu sempre quis ser na vida foi um simples porém sólido filólogo, alguém que pega as palavras pela raiz, por assim dizer, se o senhor me entende (não — não devo dizer isso, com esta humildade falsa; eu tenho uma respeitável obra filológica; minha hipótese sobre o surgimento do portuguesíssimo *ão*, e minha discussão sobre o suposto caráter consonantal desta nasalização, proposta por Mattoso Câmara, são *papers*, como diria meu filho, assim, *clássicos na área*, uma área que infelizmente está jogada às traças, a velha filologia também está sofrendo de milenarismo utópico, nada para o fato, tudo para a ideia, e eis onde Chomsky se encontra com Lênin e com Bush filho, todos quiliastas — já um filólogo pé na terra, como eu, cata milho, um por vez, camponês da inteligência; não não não nada disso, pobre plateia! Eu tenho de seduzir, não brigar, essa é a regra de quem fala em público, onde estou com a cabeça?). Recapitulando, inspetor: Eu saí para o corredor, para respirar! (Porque a verdade, voltando ao tema, é que sempre sofri de um invencível complexo de inferioridade. Pronto. Confessei. Explico melhor, para não ficar parecendo essa coisa miúda: para sair de onde estou, neste quadrado no chão, o pequeno espaço que me cabe na ágora, e chegar até onde o outro está, ou o contrário, ele chegar até mim, é preciso um jogo sutil de posições intermediárias, cada um no seu escaque, movendo-se de acordo com as regras, mas, como na Flecha de Zenão, nunca chegamos às outras pessoas, como se — não sei se o senhor me entende.) Os brasileiros temos dificuldade com a nitidez: o realismo que dominamos é o realismo cínico, não o puritano, o que nos exigiria dizer a verdade acreditando nela, o que por sua vez me leva a Therèze, à sua proposta de tese e ao seu pontiagudo encantamento francês — está agora vivendo em Lyon, depois de um tempo em Israel, mais um longo período acadêmico em Rennes, onde aprimorou de longe o seu olhar sobre a cultura brasileira — a internet é uma maravilha, uma fofoqueira universal, eheh —, e tem três filhos de dois pais diferentes (e nenhum deles sou eu), o que parece surpreendente para um europeu, não os dois pais, mas os três filhos, ainda que ela seja judia; não sei exatamente como enquadrá-la, são muitos passaportes e muitas emoções, como diria Roberto Carlos, um cantor que, curiosamente, agradava a ela. Eheh. São tantas emoções. Que vida engraçada. De fato, eram três filhas, o que o levou a voltar ao século XIII e escrever no quadro, na última aula que deu na vida, melancólico, emocionado, e principalmente só, quando não havia mais a menor chance de reconquistá-la: *Este rrey Leyr nõ ouue filho, mas ouue tres filhas muy fermosas e amaua-as mujto.* As palavras são como as moedas, senhores. Só valem as correntes, de modo que —

Voltou a colocar os pés no chão, num movimento brusco e irritado: falta pouco para a homenagem e eu nem saí da cama ainda, mas alguma coisa o puxou ainda para trás: é preciso desembaralhar a cabeça, saber exatamente o que aconteceu nos meus 70 anos de modo a explicar o sentido da minha vida em poucas palavras à gentil plateia. Toda aquela imensa boa vontade diante de mim, e eu, mais uma vez, decepcionando. Desta vez, não — vou seduzi-los, é claro. Sempre tive o dom da palavra; colegas, vocês são testemunhas fiéis: ninguém queria aquelas aulas velhas e encarquilhadas, aquele programa anos 40, aquela tabela sem graça, mas eu transformei um velho pacote de um velho currículo obrigatório que se arrastava pelas gavetas do departamento sem que ninguém tivesse saco de dar um fim burocrático àquilo, pois eu transformei este entulho, a filologia românica, num charme imprevisto que atraía multidões. *Ele é louco,* ouvi um menino barbudinho dizer a outro, coca-cola na mão, os olhos brilhando de admiração e felicidade. Os loucos herdarão a Terra! Os alunos corriam ao anfiteatro como moscas ao mel.

Com a mão trêmula abriu de novo a gaveta, pegou a cartela de ansiolíticos, que rompeu aflito, e meteu um comprimido na boca, engolindo-o em seco — depois eu tomo um gole d'água. Estou me perdendo de novo. Tenho de dividir aquele dia-chave em duas partes, para que eles entendam: primeiro, o ciúme de Mônica, quer dizer, o ciúme brutal que *eu* senti por ela, o genitivo objetivo; porque o subjetivo, ela por mim, nunca existiu, eu imaginava; segundo, como que numa organização *ad hoc* do destino, o encontro subsequente com Therèze que, ela sim, me enlouqueceu. Claro, à minha maneira: enlouqueceu filologicamente, um passo de cada vez, *genuculu*, *geolho* e enfim *joelhos*, e quase uma década entre uma alteração morfológica e outra (na vida real da língua são séculos, mas somos apenas miniaturas de um Deus maior, simples maquetes da linguagem, que paira soberana sobre todas as coisas, como diriam os conterrâneos de Therèze). Não me enlouqueceu naquele primeiro momento, aquele S ao contrário sentado delicada e faceiramente diante de mim: eu a detestei, porque ela de certa forma ressaltou, pela sua discreta palhaçada, o ridículo da minha aula. Foi a primeira sensação que tive de *velhice* — a palavra é essa. Eu não era mais contemporâneo dos meus alunos, assim como não era mais contemporâneo de Mônica — o mundo me escapava, célere e fugaz, e ia me deixando para trás, se permitem a rima de pé quebrado, eheh. (Não: sem brincadeiras.) Senhoras e senhores, esta foi a razão por que, ao final da aula, eu sequer levantei os olhos quando Therèze se aproximou da minha mesa. Era uma relativa novidade na minha vida: um aluno me procurar depois da aula; nunca fui do tipo populista, como muitos por aí. Popular, porque louco, e isso atrai; mas não populista. (Não: cortar essa observação. Eu preciso escrever um roteiro ou vou me perder.) Eu tinha a *cathedra*, e a zelava à moda antiga. Impunha aos alunos aquele necessário fio de temor. Naquele tempo não havia internet, uma invenção que foi solapando e corroendo incansavelmente a hierarquia mundial de todas as coisas, a ponto de esmagar, mal rompe a manhã, qualquer critério de valor. Era democracia que vocês queriam? Aí está. Eheh. Eis o que eu diria, se me perguntassem: é preciso manter o aluno no seu lugar, que aliás é um lugar respeitável e até bastante confortável: alguém que, pelas regras da civilização, é subsidiado para prestar atenção nos outros. Não é tão duro assim.

Obviamente, alguma coisa me manteve ligado a Therèze durante todo o tempo em que ela esteve na sala naquele primeiro encontro — eu fingia não vê-la, enquanto lia com vagar um trecho de Duarte Nunes de Leão, *polo que, assim como dizemos* aquilo que se ama, *prepoendo o* se, *assim temos de dizer separadamente,* ama-se, *quando o pospoemos,* em que a partícula *se* aparece no português, *por arrodeio* — e aquele *arrodeio* era um prazer caipira, o DNA linguístico que une o século XVI ao século XX. Pois por *arrodeio* eu via e não via Therèze, pensando nela o tempo todo sem nela ponhar os olhos, se vocês me entendem. Eheh.

É preciso analisá-la aos pedaços. Uma coisa ficou para sempre: aquele jeito despachado, o seu espírito de liberdade, uma liberdade sutilmente estranha e, em última instância, *estrangeira.* Alguém que — e agora estou falando no sentido estritamente técnico da expressão —, alguém que *não sabia o seu lugar no mundo* mas tampouco se preocupava com isso, o que provoca um sutil desconforto nas outras pessoas. A liberdade da mulher judia, talvez, algo que sempre me surpreendeu, o jeito direto, aberto e franco de nos olhar nos olhos; e aquela racionalidade tranquilamente agressiva, e às vezes bufante, da mulher francesa, o breve rastro de iluminismo que ficou. Alguém que, na grande chácara brasileira dos anos 1980, aquele imenso Maranhão, cheio de lindas e graciosas sinhás, já estava muito *adiante.* Therèze, senhores, não era linda nem graciosa. Não, errei:

era sim. Mas ao modo dela. Comecemos pelo rosto, e Heliseu fechou os olhos, num esforço de recuperar a antiga nitidez de Therèze: os traços de seu rosto se desenhavam ríspidos, em linhas retas, afunilando-se num queixo quase geométrico; olhos também pequenos (penso em Mônica), mas não de jabuticaba — havia uma miríade de estrias mais claras que lhe davam uma especial estranheza, alguém pulou a cerca duas ou três gerações antes e contaminou a estirpe de misturas quem sabe eslavas ou saxônicas (a pele de Therèze, mas isso, é claro, eu só soube depois, tinha algumas extensões de sardas); mas a base genética era mediterrânea, digamos assim, para falar meio nazistamente, essa coisa de raça. Eheh. Ela ria comigo. Mas só muito depois: a dança foi demorada, em passos medidos, até que eu já estivesse completa e silenciosamente *tomado*.

De qualquer forma, não é Therèze — hoje com 58 anos e suas três filhas, vivendo na aristocrática Lyon — que me incomoda, e Heliseu enfim ergueu-se, levantando a calça do pijama que ameaçava cair, o elástico frouxo.

— O que me incomoda é meu filho — disse em voz baixa, o pé tateando o velho carpete atrás do chinelo, sem encontrá-lo, até que ele resolveu se abaixar e esticar a mão para baixo da cama, sentindo nos dedos o desconforto do pó, faz um ano que dona Diva não limpa isso aqui, ele balbuciou, que ela não ouvisse, e sentiu um surto denso de irritação, um desejo difuso de esmurrar, o comprimido ainda entalado na garganta. Com dificuldade encaixou os chinelos nos pés, voltando a sentar, e em seguida erguendo-se de novo: Estou cansado, ele disse, tentando se acalmar, e três passos corredor adiante sentiu-se momentaneamente melhor, alguém que enfim começa o dia, que será luminoso:

uma homenagem. Teria de escolher uma bela gravata. Mas antes o café: a mesa da sala estava posta ao modo de dona Diva, a garrafa térmica, o iogurte, a manga descascada e cortada em pedaços, a leiteira ainda quente, o prato com torradas, a geleia e a manteiga, mas não há água, e o comprimido entalado; e, ao lado, o jornal dobradinho com a notícia: *Bento 16 renuncia; novo papa deve ser escolhido até a Páscoa.* A única coisa que chama a sua atenção é o 16 no lugar do XVI, e Heliseu cai num breve vazio de memória, de que se esguia pensando num copo d'água que lhe tire o comprimido do esôfago, há algo interrompendo o seu peito; ele coloca leite na xícara, pinga o café, atento ao que faz, pressentindo um turbilhão de pequenas coisas tentando assomar à cabeça, mas ainda disformes como sopros curtos de um desejo sem direção — dá três goles do café com leite e enfim sente que o comprimido seguiu o rumo em direção ao seu destino. Preciso lavar as mãos, ele pensa, quem sabe antes tomar um banho, e os olhos voltam ao jornal: Como assim, a renúncia do Papa?! E a primeira conclusão que lhe vem com alguma nitidez à cabeça é que talvez, por causa do Papa, cancelem a homenagem, o que lhe dá uma sensação dupla de ofensa pessoal e de alívio — estava livre, até sintonizar que a ideia é absurda, ele já saiu do seminário há mais de 50 anos e o cônego Zélio já deve estar morto e enterrado e comido de vermes. O que me preocupa — e ele olhou de novo o jornal, como que diante de uma folha escrita em chinês, como assim, o Papa renunciar?, ergueu a cabeça pensando em perguntar à dona Diva, mas ela não é uma papista, como diriam os ingleses, ela é uma brava evangélica moderna, uma mulher ecológica que não corta os cabelos, e enfim ele sorri: papista, que palavra engraçada.

Leu mais uma vez a manchete com o parágrafo explicativo, a foto daquela figura encarquilhada cheia de roupa e pompa com aquele chapéu carnavalesco que era capaz de ler em português quase que sem sotaque: um filósofo, um linguista, um rígido alemão, também ele com seus traumas, dizem que foi da Juventude Hitlerista, e quem sabe, no entanto, se transformou num humanista — pois nem ele aguentou a barra, e Heliseu deu uma risadinha. O Papa renunciou. Esse mundo está mesmo perdido, eheh. Pensou em chamar dona Diva para sentar-se à mesa e tomar o café com ele, sente-se aí, dona Diva, por tudo que a senhora viveu, por tudo que eu vivi, temos muito a conversar! Por que não? E ele voltou, subitamente sombrio, à fissura do tempo: a senhora pensa que viu o que viu, no dia em que a Mônica morreu — vamos recapitular, minuto a minuto.

As mãos sujas do jornal — levantou-se para lavá-las, com o humor um pouco melhor agora: as coisas ficando claras, e, afinal, a homenagem não será cancelada, é claro. Desde a Revolução Francesa a Igreja está separada do Estado, e pelo menos nesse estágio o Brasil conseguiu chegar, como disse alguém anos atrás no café. O que me preocupa, dona Diva, é meu filho. Depois que ele abriu a porta e viu o filho com outro menino, os dois se beijando (talvez não; eles se separaram em pânico quando a porta foi aberta, e a mão do outro menino —), e ele fechou a porta, mas, senhores, eu não consegui mais fechar aquela porta: vocês entendem. Parece que na sua religião há pastores que corrigem essa doença — e Heliseu sorriu abrindo a torneira da pia. Sentiu um prazer escatológico em ver a água suja e ensaboada que saía de suas mãos, o pó, a tinta do jornal, os micróbios todos indo para o ralo, e ele aproveitou para jogar a água fria no rosto, de olhos fechados, sentindo a pele frouxa da velhice sobre os ossos da face, mas não estou tão mal assim, e abriu os olhos — os homens conseguem envelhecer melhor que as mulheres, é o que dizem, mas talvez isso aconteça apenas no sentido cartográfico do envelhecimento, se os senhores me entendem, e sorriu da imagem, vendo na testa agora ampla um mapa de sinais, meridianos, recifes, manchas do tempo. Estou bem, ele decidiu; o que dá má impressão é apenas este velho pijama; e a alma prossegue intacta, disse em voz alta, a alma prossegue intacta, repetiu, e riu para si mesmo no espelho, enquanto enxugava as mãos. Que agora não tremem: e olhou atento para os dedos ossudos. A imagem do colega Meville, o grande gerativista, tomado precocemente pelo Parkinson, as mãos com dificuldade de sustentar um maço de folhas, que se esparramaram no chão do departamento, todos consternados ajudando-o a recolher a papelada de volta — a cena veio-lhe à cabeça, num misto de alívio pessoal e de curiosidade talvez afetiva, por onde andará ele? Era um homem respeitado. Pena que nós nunca nos — quer dizer, nunca conversamos muito. A correria de sempre, entendam, senhores. Talvez ele compareça à homenagem, pensou, como quem faz um comentário ligeiro e inconsequente. A idade talvez promova a conciliação universal — a velhice, esta tranquila proximidade da morte (e ele sorriu, misteriosamente vingativo, como se fosse ele a figura da foice, e não sua vítima), nos põe todos às portas da utopia. Heliseu continuou esfregando o rosto com a toalha: mas o que me incomoda mesmo é o meu filho — a verdade é esta: e ele olhou de novo para si mesmo, inadvertidamente abrindo a torneira para de novo lavar as mãos, distraído pela ideia que surgia — eu gostaria que o Dudu estivesse aqui no dia em que sou homenageado, e no mesmo instante sentiu a picada da ansiedade que parecia ramificar-se impiedosa no peito. Afinal, senhores, ele é meu filho; e a menina, a *Afro-American*, e ele sorriu, é, para todos os efeitos, por mais estranho que pareça, a minha neta. Há uma tradição econômica nessa minha família, ou *estirpe*, *cepa*, *linhagem*, para dar um toque anacrônico à minha história — meu avô, que eu jamais vi, meu pai, eu, meu filho, todos filhos únicos, até onde se sabe. Eu teria um irmão, é verdade, que morreu de pneumonia com poucos dias de vida. Seria dois anos mais jovem que eu. Hoje ele estaria na primeira fila do auditório. Ao final, apertaria efusivamente minha mão: Parabéns, *brother*! Você merece! Eheh. Ele seria a figura alegre da família, sempre de bom humor, fazendo piadas de tudo. Toda família tem um piadista, alguém leve, sorridente e feliz movendo-se como uma borboleta no meio dos torturados. Enxugou de novo as mãos e o rosto. Eu não — e desta vez não se olhou no espelho, voltando ao corredor —, eu sou duro e pesado. Quando Caronte me levar — não não não, apaguem isso, senhores. Vamos falar de coisas mais leves, como a minha neta americana. Afro-americana, desculpem. Ela é lindinha — e ele imaginou a figura sorridente, dentinhos à mostra no porta-retratos da sala: é minha netinha, senhores. Desculpem: eu cometi um erro brutal, achando que estava estendendo a mão para o meu filho: *eu perdoei você*. Sentiu a ramificação da dor no peito, as picadas da ansiedade. Como explicar aquilo? O Inspetor Maigret, sempre atento, diria: não perdoamos os outros do crime que nós cometemos. Recapitulando: o senhor estava aqui, e dona Mônica foi à área de serviço aguar as plantas. Foi isso?

Sentou-se novamente à mesa e empurrou de sua frente a renúncia do Papa, com as costas da mão, para não sujar novamente os dedos, que conferiu: estavam limpos. Não, ele diria — isso já passou faz muito tempo; quando a Mônica morreu, em 1997, meu filho já estava com 20 anos, vivendo nos Estados Unidos para nunca mais voltar; ele é que é importante para mim neste momento. O melhor amigo dele, no momento em que decidiu desaparecer para nunca mais, era a Úrsula, que, como diria o poeta, não tinha entrado na história. Eheh. Por essa os senhores não esperavam, não? Guardei para o fim — e Heliseu olhou o corredor, à espera de que dona Diva aparecesse e ele pudesse convidá-la a sentar-se à mesa e tomar o café com ele, a primeira vez em quase meio século de convivência. Ela, sim, saberia me ouvir e me compreender. Eu poderia começar como quem não quer nada: Veja só, dona Diva, a renúncia do Papa. Cada coisa que acontece neste mundo. Pois bem, as coisas que eu disse. As coisas que eu disse ao meu filho. As coisas que eu dizia e a senhora ouvia. As coisas que eu disse ao meu filho naquela despedida medonha que durou quase um mês de brigas soturnas, explodindo aqui e ali como granadas em família — ele só esperava mesmo a maioridade, que veio pela simples natureza do tempo, um dia depois do outro, e algum dinheiro para tomar seu rumo, e disso cuidaram Mônica e Úrsula. Eu estava fora do radar, por assim dizer. Fingi surpresa, suspirando: *Ele foi embora?* E, para que a simulação fosse perfeita, olhou para esta mesma mesa, depois para a sombra da dona Diva: *O que temos hoje de almoço?* Imaginou Mônica colocando a mão na cintura, o clássico gesto de seus últimos dias: *Heliseu, isso é coisa que se conte numa homenagem?! Tenha dó!* Eheh.

Mas, para suavizar o peso da realidade, e a ideia brilhou por um momento, sim, é isso!, eu posso recitar alguns trechos pitorescos do *Velho Livro de Linhagens*, minha bíblia, um mergulho ao século XIII, afinal continua tudo igual, senhores! *E rrey Rramiro foi-sse lá e pedio-lhe aquella moura que lha desse e fal-la-ya cristãa e casaria com ella. E Alboazer Alboçadam lhe respondeo: Tu tëes molher e es cristãao, como podes tu casar duas vezes?* Eu posso agora baixar o tom de voz, para torná-la mais convincente, pensou Heliseu, *cousa bë dita per mouro!*, ainda sem se decidir pela torrada ou pelo pão — não vou conseguir tomar esse café sem fazer um bom roteiro. Sim, baixar o tom de voz: Vejam, senhores, o mundo mudou completamente e muito rapidamente. Eu não poderia imaginar que o meu filho de ontem, continuando a ser exatamente a mesma pessoa, é outro filho hoje. Vou telefonar para ele! — e Heliseu levantou-se, um segundo fulminante de lucidez, tudo claríssimo como água, e sentou-se em seguida, perdido o fio do pensamento. O que posso dizer? Que vou ser homenageado? Duda, você não acredita — vou receber a Medalha do Mérito Acadêmico! Vai ser uma cerimônia bonita. O Reitor vai dizer algumas palavras simpáticas, em seguida um colega (é segredo; não sei quem é ainda) fará um discurso breve, um pequeno arrazoado justificando a honraria, e então eu terei a palavra para, em 30 minutos, passar a limpo a mim mesmo. Eu vou ficar tinindo de novo! Acho que todas as pessoas do mundo deveriam receber esta medalha, independentemente do que fizeram na vida, sejamos generosos, deveriam receber medalha só pela oportunidade de, numa rápida cerimônia de acerto de contas, um pré-juízo final, rever a vida em poucas palavras, aquela essência que sempre nos falta, o tiquinho de nada que, se a gente chegasse lá, tudo resolvia com tranquilidade. Enfim, as coisas devem necessariamente ter um sentido, ou não existiriam, você não acha? Deus não joga dados, certo? Ou joga? Eheh. Eu adoro esses pequenos sofismas de cafezinho.

As coisas que eu disse ao meu filho: se eu pudesse apagá-las com uma escova de aço. Assim: roc roc roc roc, bem esfregadas as palavras, até desaparecerem da pele do mundo. E depois, o telefonema de Úrsula, aquela, aquela, aquela — e Heliseu concentrou os olhos na torrada, o coração disparado, o suor na testa. De volta ao cafezinho, a minha praça pública!, esqueçamos o resto, decidiu — primeiro Veris, a coisa do Tancredo Neves, o cavalo do Newton Cruz, *e disse-lhe que este cauallo lhe duraria em toda sa uida e que nũca emtraria em lide que nom vençesse delle*, alguém o chamou de Mussolini, Diretas Já, a mais longa greve de professores do mundo, depois veio o fim da censura, nem me lembro mais, a *cathedra* da filologia românica, o papel na parede, o esbarrão em Mônica e suas aulas de inglês, onde ela conheceria a Úrsula, e então disparei para o anfiteatro, o meu pulmão, o meu respiradouro. E então, Therèze. *E esta dona era muy fermosa e muy bem feita em todo seu corpo, saluando que auia hũu pee forcado, como pee de cabra.* Eheh.

Eu nunca fumei maconha na minha vida até que Therèze me estendesse aquele toco, segurando nas bochechas inchadas a fumaça e a risada, que enfim explodiu, e ambos rolamos, senhores — fez um buraco assim no lençol, aquela coisa queimando, enquanto a gente — eheh. Mas não foi por isso, entendam como colegas que são — e Heliseu passou geleia na torrada, lenta e atentamente, como quem enfim encontra o fio da meada do que irá dizer, uma coisa de cada vez. Eles terão de entender. Se eu explicar bem, eles hão de entender, não é, dona Diva?

— O senhor me chamou, doutor Heliseu?

Heliseu ergueu os olhos da torrada para dona Diva, imóvel no umbral do corredor, e sentiu o formigamento da vergonha, que parecia subir dos braços para o rosto — sorriu em silêncio e quase disse "não, não é nada", mas num rompante decidiu:

— A senhora não quer tomar café? — Poderia dizer "comigo", quase acrescentou, mas faltou a palavra, havia uma coisa intransponível atravancando o peito; ele apenas estendeu o braço vagamente à frente; o ideal era que ele se levantasse, *e ell lhe disse que era molher d'alto linhagem, que casaria com ella, ca ell era senhor daquella terra toda.* Mas dona Diva, um ícone sombrio no umbral do corredor, índia-preta-branca-mulata, cortou o mal pela raiz:

— Obrigada, mas eu já tomei café. O senhor precisa de alguma coisa?

— Não não. Obrigado. — Quase disse: Ah, preciso tomar um banho antes da cerimônia, mas não disse, o que lhe deu um inexplicável alívio, ao perceber que escapara de uma ambiguidade desconfortável para, imaginou ele, uma mulher evangélica, o que redobrou o alívio.

No momento seguinte, dona Diva desapareceu e Heliseu concentrou-se na torrada, lutando por recuperar o fio da memória: Therèze.

— Professor, eu gostaria de falar com você.

A primeira coisa que ele percebeu, antes mesmo de levantar os olhos de suas anotações naquele fim de aula e vê-la a um metro de distância, sentindo a bicada do perfume, patchuli, *Pogostemon heyneanus*, como ele foi conferir a primeira vez, anos e anos atrás, quando a Mônica pronunciou o nome, *patchuli*, achegando-se a ele como uma ave travessa, nariz e lábios avançando no seu pescoço, em fungadas de cãozinho, *patchuli*, você gosta? É capim-limão, ele disse, dois dias depois: as coisas só têm cheiro depois que adquirem um nome, e ambos riram, eheh. Sentiu uma saudade bruta do beijo de sua Mônica, a umidade discreta do seu beijo, a firmeza dúctil dos lábios, que depois se confundiu com o beijo um pouco mais seco, quase que mais objetivo, e talvez mais eficiente, temperado pela língua de sua Therèze — mas isso foi muito depois. A primeira coisa que percebeu — sigamos nas considerações em que imos, senhores — foi a sem-cerimônia do *você*, num tempo — dois séculos atrás, nos velhos anos 1980 —, num tempo em que um senhor era ainda chamado de senhor. Uma aluna que eu nunca tinha visto. Que entrou atrasada na sala. Que sentou-se na primeira fila, como se fosse minha prima, fazendo uma visita; mais um pouco, pediria um café com bolacha até que aquilo terminasse (o pezinho impaciente sacudindo lá no fim da perna cruzada); que confiava tão completamente em si mesma — a certeza inexpugnável do judeu, eu poderia dizer, não houvesse nisso um toque antissemita, todos são mouros e infiéis nesse mundo de Deus a que até o Papa renunciou —, tão completamente segura que, ao final, *como quem não está nem aí para essa chatice de Duarte Leão e a polícia da língua portuguesa e as palavras são como moedas*, tão segura que me chama de *você*, numa intimidade estudantil. Mas eu estava enganado: ela estava ali, sim, de corpo e alma, o que me desconcertou. Primeiro bufei um pouco, ainda sem levantar os olhos:

— Pode falar.

E continuei remexendo nos papéis feito um idiota. E era como se eu ouvisse as engrenagens do seu cérebro avaliando a extensão e a natureza da minha rispidez. Claramente percebi que ela refez os planos.

— Sobre o paralelo entre as palavras e as moedas, de Duarte Nunes de Leão. O texto é do século XVI, não?

Agora sim, olhei para ela, que olhava para mim, atenta — Ó Senhor, perdoe-me o lugar-comum em que me afundo, como eu gostaria de voltar no tempo e vê-la de novo naquele instante!, e Heliseu largou a torrada e olhou para o teto e fechou os olhos para melhor lembrar-se.

— Sim — e Heliseu tirou os olhos dela e olhou para o teto, simulando tatear a memória: — 1576, se não estou enganado, *Ortografia da Língua Portuguesa*.

— É que... pode-se dizer que essa afirmação, bem, de certa forma *revolucionária*, é fruto direto da cultura do mercantilismo que passava a dominar a Europa?

Heliseu voltou a olhar para seus olhos firmes. Por que ele jamais havia feito esta ilação ilustrativa, tão didática, que agora desabava óbvia na sua cabeça? Poderia contrapor, só para marcar o território da cátedra, que Duarte Nunes de Leão era filho de um médico *hebreu*, perceberam?, que convenientemente se chamava João Nunes. Mas isso só lhe ocorreu depois. Agora, a seriedade de Therèze parecia sutilmente banhada de um toque travesso, mas não ostensivo — ele parecia escanear cada trecho do rosto dela atrás de ironia, e não encontrava. Enfim, ele sorriu:

— Sim. É claro.

O que a fez sorrir também, com alívio, quase um suspiro. E a deixou um pouquinho mais à vontade, mais corajosa:

— É que o inimigo não era apenas o latim. Havia outras coisas em jogo. Estou certa?

De novo ele fixou os olhos, paralisado, e pela primeira vez viu nos olhos dela as estrias verdes e azuis banhadas numa sutil aquarela que seriam seu espelho secreto por muitos anos. *Patchuli*. Súbito as aulas de inglês da Mônica foram arremessadas para um limbo de onde jamais conseguiriam sair. Heliseu sentiu a respiração se apressar, na ânsia do retorno: eu preciso reconstituir exatamente o que aconteceu, *exatamente*, ele disse, cada pedaço daquele minuto, e voltou decidido à torrada, conferindo agora o rótulo da geleia: *validade até 12 mai 13*. Se me lembro bem, senhores, eu fiquei de novo em silêncio, estarrecido: um aluno com algum brilho próprio. Algo especialmente inesperado, no caso dela, pelo, digamos, *introito*. Não: falta alguma coisa na minha reconstituição. Devagar vou remontando aquele vaso quebrado. Therèze voltou a se afligir com o meu novo silêncio, escapando da saia justa em outro golpe tático, agora pela, enfim, humildade do humor:

— Professor, espero não estar dizendo bobagem. É que —

E ele, enfim, sorriu.

— Não não não! Você está certíssima.

E ela sorriu em troca. *Amigo, sabe que este he o parayso terreal em que Deus fez e formou Adam. E uyo dentro tātos prazeres e tātos sabores e tātos uiços quantos nõ poderya contar nēhūu homē do mūdo.* Eheh. *Cam pulcra es, Therèze!*

Foram seis anos de vida dupla (ou quádrupla, espelhando as coisas) até que ela se arremessasse daquela varanda (*arremessar-se* não é exatamente o verbo adequado, ele teria de explicar ao Inspetor Maigret, se fosse o caso) — e ele conferiu nos dedos, dando a cada um deles uma referência externa, como nas associações de Mônica, o ano em que o filósofo Roger Garaudy se converteu ao islamismo, Nureyev veio ao Brasil, o açúcar entrou na lista dos cancerígenos e você perdeu a aliança de casado, lembra? — e Heliseu sorriu diante da segunda torrada. Ah, e nós passamos um final de semana em Foz do Iguaçu, em que você bebeu quase ininterruptamente e estava com um humor que, Virgem Maria. E ainda se engraçou com aquela puta que apareceu cheia de colares e. Beirava a estupidez. Não; era a estupidez inteira e completa. Pensando bem, você sempre foi estúpido, ela me disse no último dia em que conversamos, exatamente aqui nesta mesa — e ele contemplou a torrada, tentando refazer a sequência, mas decidiu voltar à origem, uma coisa de cada vez, senhores! A inflação aquele ano foi de 90%. Não não não — tudo isso aconteceu no ano seguinte. A Mônica, senhores, tinha humor e memória. Mas perdeu espetacularmente o encanto, desde que os meus

42 anos tensos esbarraram no corredor com seus animados 38, com a subsequente entrada no anfiteatro. Em algum lugar estaria o Duda, com seus 5 ou 6 aninhos — vai para a creche? não vai para a creche? quais as vantagens e desvantagens socioeducativas de uma creche para uma criança desta idade, eles conversaram um mês antes, de olho no orçamento — onde andará Duda para a mãe ficar à solta numa manhã de segunda-feira? O Duda estava com dona Diva, é claro, que, enquanto a família toda se vai e se esfarela, continua firme e sólida aqui em casa, nossa secreta guardiã, não é, dona Diva?

Senhores, eu vivia uma sensação *deslocada*, a sensação secreta de que a vida que por direito é sua está sendo usurpada pela pessoa com quem você vive, que você amou, e quem sabe até ainda ama residualmente, é o que temos, *mas sempre está faltando alguma coisa*. Sim, aos 40, eu tenho uma vida inteira pela frente, uma vez ele lhe disse, como que cobrando alguma coisa. *Amigos, bem sabees como a hordem do casamento he hūu dos nobres sacramentos para os homões uiuerem em estado de saluaçom*. Às dez e meia, e ele olhou o relógio enquanto ela contava das maravilhas das aulas de inglês — *e vou conseguir sair mais cedo do banco porque será um programa de recapacitação.* Sim sim sim. Era a Úrsula que estava ao lado dela? Não. Ele fechou os olhos. Era um jovem desconhecido que sorria como se a mulher fosse dele, e não minha. A *minha* mulher. Era tanta a alegria mútua que só faltava os dois estarem de mãos dadas. Senhores, hoje eu seria preso se falasse assim. Eheh. Quem era aquele sujeito que ela nem sequer apresentou? Nunca soube, e no entanto era como se o fantasma explodisse a minha vida. *E elrrey Rramiro emtemdeo que era emganado per sa molher e que já dali nom podia escapar senom per arte algũua.*

Depois conversamos, ele disse, com um toque ríspido de ameaça, sempre olhando o relógio, a aula atrasada, o anfiteatro e minha nova vida me esperam — e lá fui eu, respirar a minha cátedra.

— Mas professor, era outra coisa que eu queria falar. Um projeto.

Agora Therèze estava muito séria — todo o registro da fala era outro. Eu já havia sido conquistado, aquele *você está certíssima* que eu entreguei de bandeja deixava-me à mercê do destino, que seria doce.

— Eu preciso explicar com calma.

— Sim sim sim.

Foi a primeira vez que percebi o discretíssimo sotaque, aquele *erre* sutilmente gutural que em segredo lhe escapava, *eu prreciso* — mas não era sempre, ela falava português perfeitamente, afinal chegou ao Brasil com 5 anos, em 1959, outubro de 1959, ela frisou ao lhe contar, *o Brasil era tão novinho*, e ele, só pelo charme da frase, voltou a beijá-la, e Heliseu fechou os olhos para se lembrar, de novo no anfiteatro. E vejam só, senhores (se pudesse realmente falar em público o seu segredo), como são as coisas: eu estava pronto a dizer que ela fosse naquele momento à minha sala, e então conversaríamos longamente, posso perfeitamente almoçar mais tarde, quem sabe almoçamos juntos ali no restaurante dos professores, ou pegamos um táxi e vamos a qualquer lugar discreto, uma mesa ao lado da janela, a música tranquila, mas no exato momento alguns retardatários, dois, na verdade, lembro nitidamente, se fosse Mônica saberia até repetir os seus nomes, ficaram plantados atrás de Therèze porque *não tinham respondido à chamada*, e aquilo me deu uma irritação suplementar, eu perdia completamente a minha liberdade só porque havia dois idiotas que *não tinham respondido à chamada*, observem, senhores, o detalhe estúpido, esperando que eu despachasse logo aquela aluna que nem aluna era e que ficava ali falando com o professor como se fosse muito importante, muito livre, muito sorridente, muito dona de si, enquanto nós, que temos de aguentar as aulas dele, aquela aporrinhação galego-portuguesa, aquele latim vulgar, *sufferere, sufferre, sofrer* — e eles já bufavam olhando para o relógio, de modo que, como se eu já tivesse plena consciência do meu erro moral — e Heliseu olhou mais uma vez para a renúncia do Papa escondida no jornal dobrado — em desejar ficar o quanto antes, e durante o máximo de tempo, fisicamente o mais próximo possível daquele ser que eu nem sabia ainda que se chamava Therèze, assim, com erro de acentuação, escolhi três dias depois, *Pode ser na quinta-feira*, uma pergunta que afirmava, *no meu gabinete*, e eu olhava meu quadro de horários, *tenho uma horinha vaga às 9h30*, e Therèze iluminou seu rosto — e eu nem percebi, senhores, ele divagou de olhos fechados, diante da felicidade que se abria, *o mui gram mal que me por ela vem*.

— O seu nome, qual é?

— Therèze.

E ela estendeu o braço para tocar o meu ombro num gesto nitidamente brasileiro, mas recuou a tempo, porque eu não tirava os olhos do quadro de horários, severo como um bedel de mim mesmo, o inimigo à espreita, *cuidado*. E ela demorou um pouco, lembro bem, antes de dizer:

— Obrigada. — Na verdade, um *obrrigada*, o errezinho escapou dobrado pulando a cerca. Uma expressão brasileiríssima, aliás, sobre a qual conversaríamos cientificamente um ano e meio depois, ainda que quase entre os lençóis, como numa letra de música sertaneja.

Mas isso é coisa que se revele no dia em que você vai receber uma homenagem, Doutor Heliseu! — e Mônica poria mais uma vez as mãos na cintura, naquele gesto meio vulgar que ela gostava de fazer, uma caricatura de mulher de feira numa *commedia dell'arte*. Um gesto *mortal*. Nos últimos anos, ela gostava de me chamar de *doutor*, como a frisar o invencível ridículo do meu posto. Ela era uma mulher superior, mas pelo avesso — ela e Úrsula, a bem dizer. Será que eu nunca soube, realmente? Ou eu nunca *quis* saber, ocupado inteiro no plano transcendental da minha existência, *a coisa em si* de Schopenhauer, a vontade, que não pode ser observada, que é *anterior à observação*, e que portanto me levava inadvertidamente adiante — e Heliseu pegou a terceira torrada, que contemplou como a uma hóstia, a alma súbito caindo num vácuo de sentidos e memória, um desejo de repouso. Cristo nos ensinou o poder do arrependimento, ele se lembrou — não estamos condenados ao nosso destino, mas isso não tem nada a ver, necessariamente, com Deus. É um assunto terreno, de cozinha e de alcova, e ele riu baixinho, que dona Diva não o escutasse. Se o Papa renuncia, tudo é permitido, e agora ele riu mais alto. Cada coisa que acontece nesse mundo. Como Úrsula — e eu preocupado com o rapazinho feliz que levava minha mulher às aulas de inglês!

Heliseu mordeu devagar a torrada, como a provar-lhe a consistência seca — ultimamente alguns produtos, nozes, castanhas, torradas, causavam-lhe um desconforto na garganta, sempre inesgotavelmente seca: o envelhecimento nos seca, senhoras e senhores, vamos nos encolhendo, o orgulho desaba, a pretensão esfarela-se e, como queria Jesus Cristo — *Nunca diga que as coisas estão bem*, foi o que o pai lhe disse em novembro de 1954, dois anos depois da morte da mãe (que o velho jamais lamentou), ao vê-lo chegar criança em casa sorridente porque — não me lembro bem, um circo, um faroeste, um elogio na escola (sempre fui precoce, senhores, o que foi minha sina — meu pai me enviou ao seminário, onde brilhei meu fogo-fátuo: eu poderia ser esse Papa, não fossem os pecados da carne, suculentos, saborosos, e Heliseu sorriu, fechando os olhos). *Elas se voltam contra você.* Era uma espécie de cálculo, não uma conclusão metafísica — lembro que olhei atentamente para meu pai, e ele parecia surpreso com o fato de que a vida havia se voltado contra ele, como se fosse ele que estivesse morto, e não a sua mulher, minha mãe. E, como queria Jesus Cristo, um dia você terá de prestar contas. Como agora, quando recebo esta justa homenagem, senhores. Uma vida inteira dedicada à filologia românica, com especial atenção aos elementos de formação do Português moderno, morfologia, léxico e sintaxe. Lembro do meu mais brilhante momento acadêmico, como um dos três representantes brasileiros no XII Congresso Internacional de Gramática Histórica, na Universidade de Coimbra, Anno Domini 1986. Foram 15 dias de felicidade. Não exatamente pelo meu trabalho, ainda que excepcionalmente bem formulado, vamos reconhecer a verdade, *as distinções estruturais do sistema de tratamento nas variedades brasileira e portuguesa da língua e suas raízes sociais*, o tortuoso caminho do "vosso" deles que derreteu-se em "teu" no Brasil. Foi o único momento da minha obra, senhores, em que — desmentindo a mim mesmo — preocupei-me com raízes, razões, causas, o clássico *motor primeiro*, ou o simples *porquê* das coisas. Um trabalho elogiado, *digno de um Mattoso Camara*, alguém disse, *como de um discípulo criador*; *estrutural*, mas sem *delírio formal*, frisou um outro de alguma nova escola; e, o melhor de tudo, o grande Joaquim Tabosa Prestes Junior, da Universidade de Lisboa, deu-se ao trabalho de publicar uma resenha em que, lembro até hoje de cor, dizia exatamente isto: *Notável, e não estaria a sonhar se visse no texto do Dr. Motta e Silva os indícios de um novo paradigma para a questão do sistema de tratamentos, que, na inércia da tradição crítica, ainda não encontrou uma formulação mais precisa, ou pelo menos mais adequada entre nós.* Um novo paradigma, senhores: eis a questão.

O que ninguém sabia — e, a rigor, *nem eu mesmo sabia*, devo dizer em minha defesa, que não pensem que —, o que ninguém sabia é que tudo que havia de novo no meu trabalho tinha o dedo criador de Therèze. Aquele *errezinho* francês, como na maiêutica socrática, ia sugerindo cada detalhe novo e arriscado do meu trabalho pedestre, porém sólido, como tudo que eu fazia. Na minha tábua de logaritmos morfológicos, ela ia pondo sutilmente *o mundo social*, esse mantra da nossa era, ou do nosso século, ou dos nossos três séculos desde que a monarquia francesa veio abaixo ou subiu aos céus pela via do patíbulo, eheh. E ela havia lido todos os livros que eu jamais leria na vida, tudo em torno da tal *formação da sociedade brasileira*, essa coisa que sempre achei chatíssima, eu sempre imerso catatônico em meus morfemas, e da qual ela sabia quase que raivosamente *tudo*, de Anchieta ao Partido dos Trabalhadores. Claro claro claro, não exageremos, calma calma, por favor, sem o meu monumental conhecimento técnico, e minha memória mitológica para a alma arcaica da língua, capaz de recitar Fernam Lopez *no original*, num estalo, por assim dizer, *em lhe seemdo assi fallamdo*, nada de nada resultaria: Therèze dava-me o *tempero*. Certo certo certo: mais que isso — o tal "novo paradigma".

O mais brilhante momento acadêmico de minha longa vida, 70 anos! Mas, como dizia, senhores, isso não propriamente pelo sucesso do meu *paper*, que depois virou livro, no qual, por alguma misteriosa razão, eu não coloquei o nome dela em nenhum lugar, nem um breve agradecimento de rodapé, aquela delicadeza acadêmica, *alguém cujas sugestões enriqueceram em muito este texto, blá blá blá, ainda que seja minha a plena responsabilidade por seus defeitos, etc. etc.* —, mas porque Therèze estava lá comigo, ao meu lado, o tempo todo, nos 15 dias mais felizes da minha vida. Eheh. *Mais felizes*. Uma expressão quase neutra, e no entanto. Nem a outra viagem mais longa, o Congresso em Paris, teve a mesma altura, paixão e intensidade. Talvez altura, de onde desabamos, nós das nuvens, Mônica do sétimo andar. Amém. Ficou apenas a dona Diva, a testemunha ocular da história, firme e sólida no seu posto, como queria Therèze, uma boa francesa, sobrevivente judaica numa terra hostil — *Os franceses queriam mesmo acabar com a gente, acredite! As histórias que meu pai contava!* —, sempre atenta aos pobres e aos oprimidos do mundo inteiro. E à sua brilhante tese de doutorado, é claro, para a qual, desgraçadamente, ela precisava de *alguém como eu*, que faz, por assim dizer, o trabalho braçal. Eu era, enfim, apenas um *reacionário*, também para ela, ainda que ela apreciasse minhas qualidades, hum, mais *terrenas*. Calma, senhores: não devo me deixar levar pelo ressentimento. A vida deve acabar em algum lugar, afinal de contas, e que não seja na tristeza. Paratimbum-pum-pum!

— O senhor vai almoçar em casa hoje, Dr. Heliseu?

Heliseu ergueu os olhos para dona Diva, a mesma estranha impassível que ocupava silenciosamente sua casa há tantos anos. Sente-se aí, dona Diva. O que a senhora *realmente viu* no dia em que Mônica morreu? A senhora estava bem ali, não — e ele voltou a cabeça para o ponto em que o Inspetor Maigret reconstituía a — a *cena do crime*, por assim dizer, como figura de linguagem. Mas Heliseu não falou nada disso; e lembrou com uma pontada de angústia a única vez em que dona Diva lhe dirigiu a palavra para dizer algo sem relação nenhuma com a sua *força de trabalho*, por assim se expressar: Dr. Heliseu, hoje a dona Úrsula esteve aqui com a dona Mônica, uma observação inútil, ou criptográfica, mas com um sismo contido de subentendidos medonhos. Porque, afinal, era como se estivessem levando por assim dizer um *casamento moderno*. A minha família, senhores — eu posso até dar um tom retórico de indignação, fiel a mim mesmo, *ele sempre foi um reacionário* —, A minha família, senhores, subverteu todas as normas vigentes do estatuto da normalidade, algo assim. É o tipo de coisa que a gente não sabe nem por onde começar. Estatuto da moralidade? Estatuto do direito consuetudinário? Estatuto, que porra de estatuto — é uma gosma, tudo isso, as coisas grudam todas sem nitidez nem contorno na alma, como alguém pode levar uma vida assim, sem saber jamais o que está acontecendo com ele ou com os outros?! Eu fui levando. *Nós* fomos levando, porque afinal a destruição da nossa vida em comum foi um trabalho coletivo, certo, dona Mônica?

Houve um momento de ruptura, muito claro — a entrada no anfiteatro, o mal-estar com aquela figura sorridente, o horror ao Veris e a tudo que ele representava, toda aquela grande cadeia de filhos da puta girando em torno contra mim, a ideia de uma vida que se esfarela (um pouco de retórica não irá mal, *a vida que se pulveriza, quia pulvis es, senhoras e senhores! — eis algo a se pensar!*) e o momento em que eu bebi demais e — bem, vocês sabem o que acontece quando a gente bebe demais. Acho que foi uma noite de confissões. Quando? Eu lembro: julho de 1988. Dia 4 de julho de 1988, aniversário da Revolução Americana, o pior de todos — como a Mônica mnemônica lembraria, foi o mês em que um míssil americano, disparado de um cruzador por engano, derrubou um Airbus do Irã e matou 290 passageiros. Que azar, não? — eu lembro que ela disse, folheando distraída um livro de educação dos filhos, *Deixem seus filhos em paz*, a televisão ligada, propaganda de caderneta de poupança, Que azar, já pensou, ela gostava de dizer "que azar", o cara pega um avião pra ver a tia em Teerã e Bum! Morreu por engano. Eu cheguei em casa às 11 da noite. Onde eu estava? Trabalhando, é claro. Muitos orientandos. E uma orientanda, já na reta quase final de sua tese maravilhosa. Eu estava num estado-limite de irritação — aquela longa relação ilegal se esvaindo pelos dedos, nada é mais como costumava ser, o sexo, quando acontece, se transforma quase que num ato de vingança — aquele sentimento profundamente transformador, a tal *vontade* de Schopenhauer, não existe mais, apenas assombra pela memória e pelo desejo, mas eu não preciso dizer isso para ninguém, senhoras e senhores. Eu tenho de preservar intacta a minha dignidade. Isso é uma homenagem, não um acerto de contas.

— Você viu? — Mônica me disse, folheando o livro. — O Sarney foi pra China. Devia ter ficado por lá. E dizem que vem um novo plano econômico por aí. Lá no banco só falam disso. Você já ouviu falar em inflação inercial? É o seguinte: os preços vão subir amanhã porque subiram hoje. É simples. Você fez a aplicação?

Uns atrasados que entraram na minha conta, graças à luta incansável do Veris, *temos direitos! Vamos à luta!* — não, não fiz depósito nenhum, já perdi um por cento de ontem para hoje, foi um dia impossível, era como se agora eu tivesse duas inimigas, e não apenas a tradicional. Olhei para a minha Mônica Mnemônica, pensei na queda das consoantes intervocálicas, luna, lunar, lua, luar, quanto tempo! — o perfil dela não favorecia, com a luz da TV incidindo de través, e ela era hoje uma mulher mais gorda, e há muitos meses eu não sentia a picada distante do patchuli, o nariz parecia maior, mas — é verdade, senhores, o mundo dá voltas! — eu achei que, por que não, afinal temos uma história tão bonita, eu diria a ela, poderíamos, enfim, um dia a vida se tranquiliza, não? Talvez recomeçar pelo escuro do cinema, o beijo que me sugou para sempre, na alegria e na tristeza. E o menino inteiro frágil trocando a voz e a pele, braços demasiadamente compridos e sem lugar no mundo, e do pai se escondendo cada vez que o via; *despois que esta rainha veo, recreceo discordia entre elrey e o infante*, ele escreveu no quadro, observem o sabor arcaico de *despois*, século XIV, e ela disse *Mês que vem tenho 20 dias de férias e vou à Europa com a Úrsula*, e sorriu lindamente. Ele olhou para o corredor e viu imóvel a figura andrógina do menino, um risco vertical, o rosto estranho do seu filho cortado por uma sombra, à espera talvez de que a conversa dos adultos terminasse para que ele viesse à luz e revelasse o curativo no rosto — O que foi isso? Uma briga na escola, disse Mônica, e jogou o livro *Deixem seus filhos em paz* em cima da mesinha, numa curta irritação. *Chamaram ele de* — ela ia dizendo, e eu me ergui, com fome: alguma coisa para comer? Quando olhei para o corredor de novo, o menino não estava mais ali, e era como se eu só voltasse a falar com ele ontem, quando ele me conta que têm uma filha *Afro-American*, o tom de voz do meu filho já é irreversivelmente estrangeiro, há uma frieza *cultural* na voz dele, ele não é mais brasileiro, o que Mônica diria disso? Não sei. Eu sei o que a Úrsula me sussurrou ao telefone quando a mulher morreu. *Eu vi o que você fez.*

Três anos depois Mônica foi aguar seu rosário, *Senecio rowleyanus*, uma plantinha suculenta e venenosa que, por um desses acasos da vida, veio da África. No alto da varanda do fundo, senhores, a planta fazia uma cortina verde de grande beleza natural, um baldinho ao lado do outro, caprichosamente pendurados, lembro do homem com a furadeira botando os ganchos no alto, *vrrrrruuummmm!*, cobrou 300 cruzados novos e a Mônica achou um roubo — e lá estavam os rosários verdes que parecem feitos à mão — veja, inspetor, não são bonitas? Ficou essa falha, aqui, porque na hora ela se agarrou no rosário e. Que fatalidade. Dia desses — e ele colocou o café da dona Diva na xicrinha, oferecendo ao inspetor, *com açúcar?* — aconteceu um crime semelhante, alguém jogou a filha pela janela e depois inventou uma história mirabolante. O senhor leu a respeito? É claro que eu não ia perguntar isso.

Mas é preciso organizar a memória ou jamais descobrirei o sentido da minha vida. O segredo está em algum momento que ficou para trás — eu posso até baixar a voz neste momento, como quem propõe um jogo divertido à plateia. O erro começou pela mentira *blasée* de marcar o encontro para a quinta-feira, *talvez eu tenha uma horinha para você*, eu cheguei a dizer, quase ofensivo, reforçando a simulação de indiferença, tudo por causa de dois idiotas que não tinham respondido à chamada, vejam só o poder dos imperativos estúpidos da burocracia escolar, e aguardavam irritadiços que eu despachasse aquele ser ostensivamente independente que nem aluna era e que estava ali sorrindo e se achando e puxando o saco do professor.

— Quinta-feira?! — mesmo demonstrando felicidade pela minha atenção generosa, o sorriso amplo deixava escapar, com um toque atravessado de ousadia, a decepção pelo prazo, *puxa vida, eu queria resolver isso o quanto antes*, ela parecia dizer sem dizer, e aquela demora de alguns segundos em concordar logo com a minha proposta e dizer *sim* parecia indicar que era ela que decidia, não eu, como quem pensa se valeria mesmo a pena todo o esforço da espera, *será ele tão importante mesmo?*, hoje ainda é segunda, e, depois do recuo da mão que quase tocou o meu ombro, seu dedo indicador, ou apenas a bela unha de um vermelho brilhante como se pintada há um minuto, correu em batidinhas aflitas no calendário sobre a mesa, um jogo de amarelinha, segunda, terça, quarta, e ela mordeu o lábio, quase dizendo, talvez, *será que não seria possível amanhã*, e eu, emparedado pelo meu próprio ultimato e não querendo dar o braço a torcer aos dois imbecis que não haviam respondido à chamada, vivi o terror de uma hipotética recusa, ela sai por aquela porta e eu nunca mais a verei —

Senhora, jentil donzela,
por meu mal fostes naçyda;
pois vos hys para Castela,
que seraa da minha vyda?

— aqui eu até poderia recitar os versinhos de Bras da Costa, nobre caipira do século XV, senhores, de onde os brasileiros todos viemos, a nobreza da roça. *Sim, quinta-feira, às dez horas*, e quase estendi a mão na despedida, como quem firma um pacto para a existência — talvez eu tenha deixado escapar a minha inexplicável alegria, o desejo correndo atrás da realidade para enfim enquadrá-la. Dois ou três detalhes, os olhos, a independência tão natural, a entonação, o *erre* rascante, mais aquela aguda percepção de um detalhe único da minha aula, o *interesse verdadeiro* — a tal pessoa certa no momento certo, por ela me vingarei do mundo, eu poderia dizer! Que transcendência! Tudo que eu tinha a fazer era esperar quinta-feira! *Obrrigada*, ela disse, e sorriu mais uma vez.

Que semana difícil! Como demorou aquela quinta-feira!

Minha vida ssam tristezas,
meu descanso he sospirar,
vossas obras sam cruezas
que juram de m'acabar!

— cantava Jorge de Resende, e eu explicava aos alunos na aula seguinte: observem que, pelo caos ortográfico do período, todos escrevendo mais ou menos ao acaso do ouvido, temos um precioso documento com pistas importantes da pronúncia portuguesa do século XV, que, aliás, foi a que chegou ao Brasil no Descobrimento, e da qual até hoje conservamos traços marcantes, como o triunfo da doçura das vogais sobre a brutalidade das consoantes, que foi a deriva lusitana, e olhei para o relógio, a senha para encerrar minha conferência, falta só mais um dia, os alunos levantando-se todos ao mesmo tempo de alívio, eu estava particularmente autocentrado naquela aula, recitando feliz cantigas de amor. Era como se, náufrago do momento, por culpa de um esbarrão no corredor, quando em um segundo percebi que não havia mais nada a defender na minha vida pessoal, afundada numa sequência de pequenos mas irreversíveis desastres — *Mônica não me quis por semanas, recusando-me sete vezes, como a um inimigo a quem entretanto sorrimos, porque não é a hora, o golpe virá depois, eu sabia, ela planejava um afastamento definitivo e ao mesmo tempo confortável, um marido à mão e uma vida à parte* — eu literalmente, depois de quinta, refugiei-me numa ideia, que é sempre o melhor lugar para se esconder.

Heliseu largou a torrada e olhou para dona Diva, que esperava, impessoal, diante de seu velho patrão:

— Não, dona Diva. Não vou almoçar aqui hoje. Hoje vou receber uma homenagem!

A entonação animada escapou, ridícula. Bem, dar-se importância à dona Diva era o que lhe restava, ele chegou a ruminar, e ao mesmo tempo, orgulho à parte, lhe ocorreu que, depois da homenagem, ele ficaria só — quem o convidaria para almoçar? Sim, a entrega, o discurso, os aplausos, os abraços, os sorrisos, depois os funcionários do auditório olhando para o relógio e pedindo que todos saiam porque eles têm de fechar as portas e desligar as luzes, enfim uma ou duas palavras no corredor, quem sabe um colega ofereça uma carona, *Você ainda mora lá?*, talvez alguém pergunte com uma sombra consternada no rosto, que dura lembrança, a morte da mulher, o mesmo filme na cabeça de todos, e em alguns minutos, depois de uma roda animada de congratulações, ele restará sozinho na calçada, na mão a caixinha elegante com a placa, no bolso a bela medalha da Ordem do Mérito Acadêmico com a vistosa fita azul-celeste, bonita, de veludo, mas ele não sairia à rua com aquilo pendurado no pescoço, eheh. *Porque eu sempre fui um estranho, dona Diva, e Therèze jamais me aceitou verdadeiramente*, mas ele reagiu no mesmo instante ao surto de autopiedade — vou passar a tarde lendo um romance ali no sofá, perdi muito tempo lendo porcaria, um milhão de dissertações e trabalhos e teses pedantes, palavrosas e inúteis, criando pó nas almas condenadas, faz tempo que eu não me enfronho num bom livro, o prazer do silêncio e da leitura, a gente mergulhando enfim num mundo bem organizado, isso é uma verdadeira alegria, e ele sentiu uma breve comoção. Talvez eu deva falar de livros hoje, *não o sentido da vida mas o sentido da leitura*, mas a ideia, que agitou-se promissora na sua cabeça, evaporou-se em seguida. Não seja assim, Heliseu — a Mônica costumava dizer sempre que o azedume dele, tão bem controlado, escapava e vinha à tona. *Não seja assim*. Parece simples. Eu sou *assim*. Esse é o problema.

A palavra *homenagem* despertou algum sentimento ambíguo na cabeça de dona Diva, ele percebeu — ela esboçou um início de sorriso, mas parecia não saber ainda se seria conveniente dizer alguma coisa a respeito deste fato; chegou a abrir os lábios para um eventual *parabéns*, de que nitidamente desistiu, pressentindo alguma inadequação, e refugiou-se apenas nas consequências práticas e diretas da tal homenagem, sendo a principal delas o fato de que ele não viria almoçar; o hipotético *parabéns* desviou-se em seus lábios em outra direção:

— Então... então o senhor não vem...

Ele ergueu a mão, num gesto aflito para que ela esperasse um segundo — ele estava ainda na calçada com a placa de prata *Ao Professor Heliseu da Mota e Silva*, eles com certeza vão errar a grafia do meu nome (mas nem vou reclamar; serei elegante), e no bolso a Medalha de Ouro do Mérito Acadêmico, e ali estenderia a mão para um táxi (houve um tempo em que ele faria qualquer coisa para *não* pegar um táxi, que em sua cabeça antiga, onde ainda ressoava a voz do pai camponês, *pegar um táxi* era um crime de lesa-economia, um desperdício de *almofadinhas*, de gente *mimada*, joga-se no lixo um dinheiro enorme com táxis, isso quando não nos *roubam escancaradamente*, aqueles taxímetros todos viciados, ou então o taxista vai dar uma volta até a Cochinchina para levar você ali adiante e cobrar os olhos da cara; e ele sempre preferia desprezar o conforto e andar a pé dez quarteirões em passo militar, é bom para a saúde, Vejam, senhores, como estou bem aos 70 anos! — mas depois ele foi *afrouxando*, porque não tinha mais problema de dinheiro, só de cabeça, por assim dizer; e, com o inesperado seguro da morte de sua mulher, ele nem se lembrava mais daquilo, *decididamente não foi esse o móvel, senhores*, e a seguradora fez outra investigação paralela que poderia ser bem mais importuna que a do Inspetor Maigret mas não foi, e afinal morreram com o prejuízo, porque não havia mesmo nenhuma *prova*, para dizer as coisas claramente, tudo é cálculo nessa vida de Deus, e ele se viu quase um homem rico, alguém que, mesmo sem ser um Rothschild — *você pensa que eu sou um Rothschild,* disse-lhe o pai quando ele pediu ajuda para morar sozinho —, tinha de fato mais dinheiro em banco do que jamais teve, mais do que poderia gastar em sua rotina tranquila, e imediatamente quase dobrou o salário de dona Diva, estendendo a mão e tocando o seu ombro pela segunda vez em décadas, *Conto com a senhora, dona Diva*, e ele passou a ter um prazer especial em pegar táxis, como alguém *importante*) — e então voltaria para casa, é claro, mais tarde um pouco, uma hora, uma e meia, almoçaria tranquilo, tiraria a clássica soneca das duas às três e depois, tranquilo no sofá, o sol entrando pela face norte, leria um belo romance até anoitecer: um bom plano. A morte de Mônica — e isso bateu agora na sua cabeça como uma marreta descontrolada — não resolveu nenhum dos seus problemas, como poderia parecer num primeiro momento, para quem visse de longe, no conforto de uma notícia de jornal, afinal ele não tinha ainda nem 50 anos, um homem solteiro, bonito, bem de vida, praticamente sem filhos, e lá se foram 20 anos de nada de coisa nenhuma (o último fato relevante foi o telegrama de Therèze desde Lyon, talvez o último telegrama da era dos telegramas, cheio de erros do — com certeza — último aparelho de código Morse ainda em funcionamento no mundo, *querido heliseo lamento profundanmente que tragedie adeus* até chegar a este momento confuso em que ele olha para dona Diva e decide num rompante, como diante do risco de ficar sem almoço em lugar algum:

— Não não não! Venho almoçar aqui sim! Vou só chegar um pouco mais tarde. — E isso como que instaurou imediatamente a paz dos espíritos. Dona Diva relaxou:

— Então vou preparar aquele frango.

Na pequena felicidade que se instaurou em torno pela reordenação instantânea do mundo, Heliseu esticou a mão para o jornal como quem quer comentar o absurdo do dia, a renúncia do Papa, acho que é a primeira ou segunda vez na história do mundo, teria a dona Diva alguma opinião sobre isso, o que dizem na sua Igreja (é a Universal, é a Quadrangular?), por que a senhora não senta um pouco para a gente conversar, mas a mão apenas bateu duas vezes em cima do jornal dobrado — ele queria recuperar o fio da meada de sua palestra, e quando olhou em frente dona Diva não estava mais ali, *Eu tenho mais o que fazer, doutor Heliseu*, ela deve ter pensado, como uma vez sua mulher lhe disse; ele reclamou de alguma coisa (na verdade, as coisas começavam a ir mal com Therèze e ele chegava em casa furioso, procurando sarna), e ela disse, *Eu tenho mais o que fazer, vou encontrar a Úrsula hoje à tarde.* Certo.

A Úrsula também são águas passadas, ele suspirou, pensando se não seria hora de tomar logo um banho e ficar pronto para a cerimônia, e colocou mais café na xícara, observando com atenção se a mão estava tremendo — o seu inimigo talvez fosse este, o próprio corpo, conspirando todos os dias contra ele, como o olhar de seu pai, naquela outra vida que ele viveu, tão longínqua agora, fragmentada em lembranças secas, das quais ele também por fim se livrou, para se tornar o homem que hoje vai receber uma justa homenagem. Eu *fiz* a minha vida. Deixemos a Úrsula — não vou me referir a ela na minha fala, o que tenho eu a ver com uma sorridente professora de química que também queria estudar inglês?! É engraçado — e Heliseu sentiu a dura ausência de alguém a quem confessar, que de fato pudesse estar sentado ali diante dele, sem prevenções, alguém que fosse realmente capaz de ouvi-lo — mas eu sempre senti dificuldades até para *olhar* para Úrsula, a princesa virgem, pequena ursa, que de pequena não tinha nada, uma mulher feia e transbordante e sempre sorridente. Bem, a Mônica nunca foi exatamente uma mulher bonita (o nariz destoava, o que, à época, imbuído de paixão e da queda das consoantes intervocálicas que vestiu meu início de filólogo e a nossa língua, não me incomodava) e tinha uma capacidade extraordinária e crescente, ano a ano, de se rodear de pessoas que não me interessavam, ela parecia escolher a dedo, pessoas que sempre chamavam a atenção por um ou outro detalhe exótico, isso é verdade, o amor por colares, a atração por roupas verdes, as tatuagens, ó Senhor, livrai-nos das tatuagens a ferro e fogo nos braços, nas pernas (Úrsula tem uma tatuagem de flor no dorso da mão esquerda, sempre senti um desejo estranho de tocar nela para sentir algum relevo imaginário, a flor como que se movia quando ela, canhota, erguia cuidadosa a xicrinha de café, antes aproximando a boca do café que o contrário), nas pessoas, sempre mulheres, que eu achava irremediavelmente *feias* — eu sou um esteta, senhores, desde cedo tenho esta obsessão com a beleza — *E por este retornamento podemos entender natural semelhança entre as obras da natureza, e aquellas que fazem ajuda moral, porque todas trazem retornança perteecente, partindosse do seu começo e continuado prosseguimento atees que a elles se tornam em fym*, nas palavras de Gomes Eannes de Azurara, senhores, vamos traduzir a viagem que a língua prosseguiu de sua *Chronica de Guiné* até os nossos dias: *quinta-feira nos vemos, então* — *obrigada, professor!* E os dois estúpidos que não responderam à chamada enfim sorriram para mim, livres daquela sirigaita, que desapareceu. Quando ergui os olhos do calendário, ela sumira.

— O que, afinal, você via nela? — Mônica me perguntou, sete minutos antes de morrer, voltando-se para mim daquela porta, com o pequeno regador à mão, é uma planta delicada, os baldinhos graciosos pendurados um ao lado do outro, ela aguava um a um do alto da varanda para ministrar a água como quem trata carinhosamente de um filho doente, cuidando para que os longos rosários verdes não se machucassem na tarefa. Continuo tentando traduzir o tom exato do que ela disse, tentando aplicar na vida real a tese de Therèze sobre a fala brasileira, que foi, por assim dizer, o *plus* da minha paixão mortal, ou quase homicida, se os senhores me permitem a hipérbole. *O que, afinal, você vê? Quando se examinão os altos feitos obrados pela nação portuguesa!?* Talvez fosse dela a máscara do homem que hoje me beijou no sonho, quando me acordei — o *inimigo*, e

Heliseu sentiu uma aguda pontada de ansiedade, um desejo de se mover dali, a mão tateando o ar atrás de um comprimido, esquecida de que já havia tomado seu remédio, e ele fechou os olhos para confirmar e reviu a cena, *sim, eu abri a gaveta ainda há pouco* — e enfim os dedos desdobraram o jornal e ele releu várias vezes a manchete, *Bento 16 renuncia*, até sentir um sopro de paz, imediatamente ocupado pela vontade prática de reordenar a manhã:

— Preciso tomar um banho.

— Eu já escovei os dentes hoje?! — ele se perguntou diante do espelho, e sem responder colocou pasta na escova, investigando cada detalhe do rosto e dos dentes, como se houvesse algo secreto ainda a descobrir, 70 anos depois, *na face devastada*, ele murmurou, lembrando algum verso perdido na memória, e a imagem de Úrsula retornou, a brevíssima obsessão que precisa ser resolvida para que a cabeça consiga ir adiante, Úrsula e Mônica, os três naquela sala, e Úrsula colocou prosaicamente a mão esquerda no seu joelho, a tatuagem da flor com aquelas cores sujas e opacas das tatuagens, o verde e o vermelho gastos sobre a pele clara, *Você é incrivelmente misógino, Heliseu!* — e ela deu a sua risada de sempre, e Mônica reforçou, *O Heliseu é do século XV, está na alma dele*, e elas riam, como se aquilo fosse uma mesa de bar, e se ergueram, e se olharam como duas namoradas e, depois que Mônica foi mais uma vez ao quarto de Dudu para abraçá-lo, beijá-lo e abraçá-lo de novo e de novo beijá-lo, como fazia sempre em seu ritual quem sabe de culpa, alguém disse *Vamos, querida?*, mas eu também brinquei, descartado assim — e ele parou de escovar os dentes, a baba branca, de louco e de palhaço (ele sorriu da ideia autopiedosa), como uma pintura em torno dos lábios numa festa de crianças, para se lembrar exatamente do que disse, *um tapa de luvas*, dono de sua única memória funcional, a das frases e palavras pairando fora do mundo real, e recitou a elas o conselho que sempre repetia nas primeiras aulas do curso que ele mesmo criou, feliz, *Filologia Românica II – Linguagem e Literatura no século XV*, e que fazia algum sucesso pela graça do tempo, *Nom sejam guarrydas, nẽ desasseseguadas cõtra os homẽs, quaesquer que sejam, em especyal contra os da casa, ca seria mingua de seu boom nome e peyoramẽto de sua honestydade*. De onde isso?, escandalizou-se a burra da Úrsula, e ele explicou, de um livro chamado *O espelho de Cristina*, tradução portuguesa da obra de Christine de Pizan, eu dizia aos alunos; é Maquiavel aplicado à educação feminina — *As virgens assy ensinadas som desejadas dos boos homẽes para casamẽto*. Nada que elas já não soubessem desde sempre, alguém lhe disse rindo ao café.

— Você cuida do Dudu? — ela perguntou antes de sair, e eu podia pressentir só pela respiração da Mônica a ansiedade do seu desejo. Heliseu pensou na frase tola — a ansiedade do seu desejo — e voltou a escovar os dentes freneticamente, como para apagar uma imagem ruim, cuspindo-a na pia, espuma e sangue. Engatou a cabeça ainda no nome *Christine*, que sempre o levava misteriosamente a *Therèze*, para lembrar que sonharam, ele e Mônica, com uma filha menina que se chamasse Cristina, um nome tão bonito e tão límpido, *Cristina*, afiado numa pedra de gelo, *Cristina*, mas nasceu menino, e eles preferiram *Eduardo*, que tem outro tom e destino, ambos graves, ele explicou uma vez a alguém e se sentiu pedante, ou apenas afetado, o que o envergonhou; e mudou de assunto, concentrando-se nas manchas de sangue da espuma, uma crise de gengivite, ele pensou, e decidiu, *amanhã vou ao dentista.* E voltou à cabeça: *porque a ansiedade do desejo era exatamente a que eu vivia*, o que o levou a correr atrás da data, quando foi aquilo? 1984, e ele abrindo a porta para conferir se Dudu dormia e só então se trancou no escritório para preparar a sua aula, pensando na quinta-feira, completamente esquecido das duas amigas — não não não, senhores, eu me confundi. O *misógino* aconteceu um ano antes, em 1983. *Em setembro de 1983*, diria a Mônica bem mais tarde, numa das milhares de discussões estúpidas que tivemos. Ela gostava de ostentar o tirocínio da sua memória, e, quanto mais o tempo passava, mais ela se aferrava ao seu talento, como prova de resistência: *Lembro bem* — ela sempre começava com essa expressão. *Lembro bem.* A União Soviética derrubou um avião coreano comercial em que morreram uns 300 passageiros. Parecia que estava para começar a terceira guerra mundial! *Mas havia um avião americano espião rondando por perto — foi um engano!*, apressou-se a argumentar a Úrsula, conciliadora (quase exatamente as palavras que Veris me diria no departamento dois dias depois, indignado pela *manipulação da imprensa*, seguido de um *esse filho da puta do Reagan*, para quem o comunismo *não é nem uma ideia, é uma enfermidade*, e eu achei graça do jeito dele, emborcando enfim o café com certeza já frio), pouco antes de colocar a mão e a tatuagem no meu joelho. E ela ainda frisou, lembraria a Mônica: *Você acha que faz sentido a União Soviética disparar um míssil contra um avião de passageiros só de farra?* Ficamos em silêncio por um minuto, sopesando a pergunta, e Heliseu agora aproximou os dentes do espelho atrás do que parecia uma mancha. Senhores —

talvez ele pudesse dizer isso —, todos os mortos são águas passadas! Mas só os mortos são águas passadas! Os que ficam continuam rodando a máquina do mundo.

Não. É retórica barata demais. O sentido da vida estará em outra parte. Por exemplo: naquele transtorno obsessivo-compulsivo que sofri esperando a quinta-feira só para rever Therèze e tirar a limpo a ansiedade. Eu já disse que ela não era exatamente bela, assim, das transbordantes — era bonita de uma forma estrangeira, ou não conciliada, as linhas talvez retas demais; uma certa dureza de traços, o queixo fino de francesa e sempre ligeiramente arredio, a se livrar de um freio imaginário; o nariz afilado e misteriosamente vivo, como se ele ainda fosse para os humanos um elemento importante no reconhecimento dos valores do mundo, às vezes brevemente empinado, no esforço sutil de apreender o inapreensível. Os olhos — ah, os olhos, aquelas estrias multicores, *que me daes cõ vossa vista prazer e tam bem tormento*, como ele a ela recitava! Num surto de autoestima, sorriu ao espelho: fosse eu poeta, quanta coisa diria de seus olhos, e ele enxaguou outra vez a boca, e mais uma, e de novo, a água fria, até que não houvesse mais sangue no enxágue.

Eu me apeguei a três coisas, senhores: a uma imagem — era bonita sim, de uma forma que me pareceu diferente e acachapante, a ponto de eu evitar olhar para ela nos olhos, disfarçando com batidinhas de caneta as possibilidades infinitas do calendário, a presença misteriosamente intimidadora, *ela é mais do que eu posso ter*, talvez tenha passado pela minha cabeça momentaneamente pequena, até que me saiu aquele patético, defensivo, mal-humorado *pode ser na quinta-feira* —; eu me apeguei também a uma promessa de partilhamento intelectual (*porque as palavras são como as moedas, só valem as que são correntes*, e ela havia feito daí uma ilação tecnicamente promissora, talvez apenas o pequeno gancho que eu precisava para disparar minha fantasia); e, finalmente, senhores: eu havia sido fulminado por uma ideia simples — a liberdade.

Heliseu reaproximou a cabeça do espelho e conferiu os pelos do rosto: não posso receber medalha desse jeito. Passou os dedos no queixo espetante: eu poderia engordar um pouco, tirar essa secura da pele. *Magro de ruim* — e ele sorriu, lembrando a frase que ouviu a vida inteira, principalmente do pai. Engraçado: eu não me lembro da voz da minha mãe, o timbre, esta marca cortante das pessoas — lembro apenas da mão nos meus cabelos cada vez que vinha me fazer dormir, ou voltar a dormir depois de eu acordar em queda livre do mesmo desfiladeiro, e ele reviu-a agora tão nitidamente, o rosto que se aproxima. O cabelo! — e ele parou, aturdido pela descoberta. — Sim, o formato dos cabelos da minha mãe, armados sobre a cabeça e caindo em duas curvas suaves, uma de cada lado, como uma ilustração publicitária dos anos 50, era exatamente o formato dos cabelos de Mônica diante de mim na mesa de aplicações bancárias, quando eu fazia cair as consoantes intervocálicas sonoras do século XII, *lunar, luar, angelu, anjo* da minha vida, como eu sussurrei a ela por meses, e Heliseu sorriu, entregando-se à doçura fugaz de um bom sentimento.

— Preciso voltar àquela quinta-feira para descobrir o segredo da divisão das águas, para saber, exatamente, senhores, quando começou a segunda parte da minha vida. — E ele fechou a porta do banheiro, de modo que dona Diva não escutasse seu plano de ação, e riu. Sempre gostou de fazer a barba: era como passar a si mesmo a limpo, todos os dias. Nunca entendi os barbados; jamais seria muçulmano, que Alá me perdoe, *desde que a Jesu tu renegaste, ganhaste mais barbas que trager soias*, aquele matagal horrendo queixo abaixo como barba de bode. Sorrindo pela lembrança, chafurdou o pincel na tigelinha com espuma, até fazê-la crescer, e sentia um prazer infantil nessa tarefa. *Retornos à infância* — isso me acontece. Uma mulher na cozinha batendo clara de ovos: era um milagre aquilo, o creme estufando. Eu nunca aprendi a fritar um ovo. *O plural neutro em português*, lembrou-se de uma velha aula no anfiteatro, *ovo – ova, lenho – lenha*, foi tudo que nos restou da forma neutra herdada do latim, *não há mais neutralidade possível*, dizia-lhe Veris, e aquilo soou como um mundo que súbito se desarranja, preciso respirar — Heliseu enterrou quase com violência o pincel espumante no rosto, numa crise aguda de ansiedade. Talvez outro comprimido, mas antes refugiou-se no seu gabinete, que o fantasma de Therèze insistia em povoar cada vez que ele entrava ali; assim que acabou a aula, ele assinalou apressado o comparecimento dos dois idiotas mal olhando para eles, amontoou as folhas na pasta e saiu da sala aflito sem nem mesmo apagar o que estava escrito no quadro, *eu jamais fiz isto, deixar restos de aula para o próximo professor*, mas naquele dia eu fiz exatamente isso — e viu no espelho a metade do seu queixo como um bulbo branco, um champignon de Paris cortado a meio, e sorriu: que importância tem tudo isso, meu Deus?! A minha cabeça é muito pequena. Era como se ele quisesse alcançar Therèze para remarcar o encontro, *por que não agora, ou quem sabe à tarde, eu venho especialmente para vê-la*, ou então, severo, *o que é mesmo que você tem de tão importante para me dizer*, mas, para que ela não pensasse que ele desistia, ou mesmo que estivesse sendo rude, colocaria a mão no seu ombro a conduzi-la suavemente no mesmo momento para o gabinete, mas ela desapareceu no corredor, onde uma multidão garrida de alunos se movia em todas as direções naquele intervalo de aulas, uma segunda-feira agitada. Heliseu refugiou-se enfim no gabinete, deixando a porta entreaberta, como sempre, o seu único contato com o mundo, e avaliou o estado de sua mesa, com duas revistas semanais abertas sobre o velho, sebento e maravilhoso exemplar da *Crestomatia arcaica*, que era um de seus breviários mais preciosos, ao lado de uma fileira de gramáticas históricas servindo de isolamento intimidante entre ele e quem sentasse à sua frente, e ele tirou dali as revistas que davam um ar tão... *vulgar*, talvez, uma delas, antiga, anunciando na capa a prisão espetacular de um terrorista italiano (por que ele lembrou disso agora? O Papa renunciou.) — "A luta armada é uma aposta com a História. Nós perdemos esta aposta", e a outra aberta escancaradamente numa matéria ridícula sobre controle de peso ilustrada por uma mulheraça da Rede Globo de biquíni e salto alto quase pulando colorida para fora da página, *o que vão dizer de mim, um severo catedrático*, e ele riu; não podia fazer brincadeiras ali porque a outra mesa do gabinete era habitada por Dorothéa Lucas Vespucci, a doutora em cultura clássica que apenas esperava a compulsória (acabou morrendo de um ataque fulminante de coração dois ou três anos depois daquela quinta-feira) e a qualquer momento entraria na sala com seu sorriso dúbio de matrona, simulando um bom humor que lhe era organicamente inacessível — *Sim, mas quinta-feira ela não vinha nunca*, Heliseu lembrou e iluminou-se, a barba branquíssima, volumosa e espessa de Papai Noel, deslindara a charada de sua escolha, uma coisa explica a outra, nenhuma chance de sua ninfa esbarrar no Ciclope. *Hum, tenho um horário vago na quinta-feira*, foi o que eu disse, comandado pelo inconsciente; é simples. Duas horas depois, se alguém perguntasse por que aquela ansiedade, ele diria: *Vi moça fermosa, gentil, graciosa, de fino color*. A queda da consoante intervocálica, e Heliseu abriu com o aparelhinho de três lâminas um trilho preciso, de alto a baixo, como um talho indolor, uma terraplenagem precisa no lado direito do seu rosto, à esquerda no espelho — mas não de quem vê, ele especulou, confuso com a lógica avessa da simetria. E sacudiu o aparelho diante do espelho, quase um argumento publicitário:

— A Mônica detestava barba por fazer. Está espetando, ela dizia. Ela me empurrava para fora da cama: Vá lá fazer a barba e volte aqui. Eu tenho uma surpresa pra você.

As surpresas eram muito boas, mas foram diminuindo. Sentiu uma violenta nostalgia do sexo que fez disparar seu coração — um frio na pele do rosto, a testa se cobrindo de suor como de um fino orvalho. *Se eu pelo menos entendesse o sexo*, uma vez ele disse brincando à Therèze: tudo que era realmente importante na sua vida ele só conseguia dizer à Therèze. Brincando, mas não muito. Um mau começo, digamos assim, com a orientação de padre Zélio — jamais contou a ninguém, mas — e ele sacudiu o aparelhinho diante do espelho — eu consegui resolver esse tropeço de infância. Sem ajuda de ninguém. Não, não é verdade. E ele fez outro talho retangular, agora no lado esquerdo, mantendo a simetria, e viu a água correr sobre as lâminas levando espuma e pelos. Alguém disse ao café — naquelas discussões com toques científicos da área de humanas — que a nitidez da

106

figura paterna é fundamental para definir a orientação erótica do filho. Pensei em dizer ao idiota: Como você pode cagar regra com o peito tão estufado e a voz tão sonora sobre alguma coisa de que ninguém sabe praticamente nada?! Mas me calei, café frio à mão, a brisa erguendo a folha A4 presa por duas tachinhas, o menino pairando entre a memória do padre Zélio e a imagem da Ilha de Páscoa de seu pai no alto de uma escada com a mãe morta aos pés. Ergueu o queixo: sou uma estátua da Ilha de Páscoa pintada de branco. Vamos lá: consegui vencer meu mau começo com a ajuda da Mônica. Colegas — confessaria? — Colegas (não: *Senhores*, eu já havia decidido) — *Senhores*, a verdade é que, ao casar com a minha querida Mônica, eu era virgem. Um homem puro sugado por um prosaico beijo no escuro que curava todas as doenças do mundo. Eheh. As pessoas vão gostar de ouvir isso. Todos reconhecem um homem sincero quando o encontram pela frente. O afeto comove. O beijo tranquiliza. O sexo alivia. Em seguida, dormimos. Eis a felicidade. É verdade que o sexo já não é tão libertador quanto foi nos velhos tempos, eheh, mas ainda mantém algum charme residual. Ou estou falando apenas por mim?

Deu três batidinhas com o aparelho de barba na pia, lembrando-se de um antigo comercial de TV e quase ao mesmo tempo de que os papas modernos nunca mais usaram barba, a cabeça vaga atrás de algum gancho argumentativo para seguir adiante, *para prosseguir a narrativa*, ele imaginou-se dizendo, como quem dá um toque técnico à sua fala, mas acabou por se concentrar inteiramente no espelho, raspando agora o espaço onde poderia nascer um bigodinho — *Jamais usei bigode, colegas! Tenho muitos defeitos, mas isso não!* — eheh, por que isso é engraçado? —, e buscou na memória algum momento que desse sentido à lembrança, alguma coisa que Therèze tenha falado, talvez, ou uma das observações cortantes de Mônica, algo a ver com o tango?! Os dançarinos engomados, com aquela flor vermelha no peito. Ou uma piada sobre Hitler, como as que Therèze gostava de contar? O telefone tocou longínquo na cozinha, o celular de dona Diva, e com uma nitidez impressionante ele estendeu a mão para o velho aparelho preto do seu ramal no gabinete, exatamente às nove e meia da quinta-feira, concentradíssimo no mesmo trecho de frase, que relia durante dez minutos sem atinar para as palavras, *a influência da semivogal acarretou a metafonia em todas as pessoas do subjuntivo, cumpra, cumpras, cumpra, a influência da semivogal* — e levantou imediatamente o fone:

— Alô?

— *Fique quieta, guria!* — ouviu o que parecia um choro de criança, durante intermináveis três segundos, uma batida forte que doeu no ouvido e enfim a voz que ele reconheceu no mesmo instante: — Alô? Desculpe, derrubei o fone. É o professor Heliseu?

— Sim?

A voz lhe saiu inexplicavelmente fria, quase agressiva — ou apenas confusa, ou irritada, um desejo repentino de acabar logo com aquela febre estúpida que ele vinha sofrendo por uma fantasia idiota, os olhos no livro, *cumpra, cumpras, cumpra.*

— Professor — e ele ouviu o choro e de novo *Fique quieta!* —, é que eu vou atrasar um pouquinho para o nosso encontro.

Encontrro, ele ouviu, e como que lhe voltou a fantasia, banhou-se novamente nela em um segundo, mas quando ia dizer *Não tem problema, vou ficar a manhã toda aqui, eu espero você*, atentou enfim à explicação que se seguiu:

— ...a menina que cuida da minha filha às quintas-feiras só chegou agora, a greve dos ônibus —

A minha filha.

— A greve. Sei sei. — A universidade também ameaçava entrar em greve, como todos os anos, o que lhe dava surtos de ansiedade, a vida quebrada, e como se a greve fosse hoje ele via-se desvairar o sonho. Respirando fundo, autodefesa em alerta, Heliseu conferiu o relógio, ostensivo, como se ela pudesse vê-lo.

— *Precisa trocar ela, está toda molhada. Pega ela aqui!* Alô?! Professor Heliseu?! Pode ser às dez e meia?

Deu-me o branco da barba, ele imaginou-se contando, absurdo, *e o fio rompeu-se.*

— Sim — concordou ele, curto e severo, voltando a olhar para o relógio, e desligou abrupto o telefone, num gesto já contaminado de remorso. *A minha filha.* Eu me senti ridículo, senhores.

Um filho muda tudo: não é só um modo de dizer, e, aproximando a cabeça, ele se deteve sobre um tufo de pelos encastelados numa berruga negra logo abaixo da orelha. *Eles revertem a vida, senhores*, e Heliseu apreciou a imagem. Nascido Eduardo, que deveria ser Cristina, Mônica e ele começaram lenta e solidamente a se afastar um do outro. Parece que a súbita maturidade de ambos diante daquele *tertius* comum revelava a nossa *verdadeira personalidade*, com aquele desfile de culpas mútuas e um mal disfarçado desejo de... *tomar um rumo próprio*, por assim dizer, pitorescamente. *Preciso assumir minha verdadeira vida*, uma vez me disse a Mônica. E eu respondi num decibel mais alto: *Pois eu também preciso assumir a minha verdadeira vida! Não é só você que...* E continuamos ambos no mesmo lugar por muitos e muitos anos até que ela desabou daquela sacada ali, inspetor. Sim, eu estava ao seu lado — e Heliseu sentiu de novo a mesma pontada de angústia. É preciso passar a limpo aquele momento, porque ele dura uma eternidade.

Pensando bem, senhores — e Heliseu balançou o aparelho de barba num gesto suavemente argumentativo —, aquela era a nossa verdadeira vida. O filho é um liame, ou um nó bem amarrado, ou uma cola, ou uma *censura permanente — viram o que vocês fizeram?*, ele nos diz todos os dias, de tal modo que, paradoxalmente, quando ele não existe, estamos livres mas preferimos a escravidão, e, quando ele existe, somos escravos mas preferimos a liberdade. Eheh. Seria engraçado se, em vez de fazer o memorial descritivo da minha obra, desde aquele opúsculo sobre o infinitivo pessoal no português brasileiro, que até hoje é referência obrigatória na área, modéstia à parte, até o trabalho bem mais consistente sobre as formas de tratamento na gramática da informalidade brasileira, tão interessante que houve até quem dissesse que não foi obra minha, eu entreouvi no café, aquela breve parada no pequeno círculo do inferno de todas as manhãs às dez da manhã, talvez o filho da puta esteja hoje no auditório me festejando, *o Heliseu arrumou uma* ghost writer *de cama e gabinete*, e todos se calaram sérios ao me ver repentinamente ao lado deles, o fantasma da filologia, um mal-estar tão ostensivo que chegava a ser hilariante, e foi o que eu fiz, eu sorri, comentando a manchete do dia, *Morreu o Fred Astaire, vocês viram?* — logo eu que jamais gostei de musical, aquela frescurada irreal, mas lembrei que minha mãe tinha na moldura uma fotografia de Fred Astaire que deve ter recortado de uma revista, e que meu pai jogou no lixo assim que ela morreu — mas ninguém disse nada, até que o eterno João Veris retomou o fio de uma suposta meada, *mas vejam, o Sarney foi apedrejado no Rio, a coisa está feia mesmo*, como quem antevê transformações profundas na sociedade brasileira logo ali na esquina e será preciso cultivar uma vanguarda revolucionária para dar direção à voz das ruas, avante companheiros! Saem as bombas, ficam as pedras, alguém disse, e riu sozinho.

Ghost writer *de cama e gabinete*. Contemplando a folha A4, pacífica sob as suas tachinhas, tomei meu café saboreando a fama. *Cama e gabinete*.

Perdi o fio do que dizia: seria mesmo engraçado, em vez de falar da minha vida acadêmica, falar da minha vida pessoal, que é o que de fato interessa a todos. Heliseu ergueu o queixo para *o acabamento final da minha vida*, passando lentamente o aparelho na pele branca e frágil do pescoço, ouvindo o discreto rascar da lâmina — o gesto clássico do homicida, a mão nos cabelos puxando a cabeça da vítima para trás, a lâmina da faca de um golpe abrindo o pescoço, o sangue que espirra bruto, e não a mão insegura que sustenta o frágil tornozelo de alguém que vai cair da varanda. *Eu escorreguei, Inspetor Maigret*. As palavras devem valer alguma coisa, como queria Duarte Nunes de Leão. O inspetor, apenas por consideração ao que eu dizia, foi até a varanda e investigou o piso numa olhada ligeira; de fato, continuava úmido, ali tem claridade mas não bate muito sol direto, o que mataria os belos fios do rosário, expliquei a ele, a lembrar a sabedoria da minha mulher, *a Mônica sempre dizia*. E ele olhou de viés para o meu sapato, como a ligar uma coisa à outra — o Inspetor Maigret apenas se finge de sonso para melhor concluir. Mas eu falava do filho — ou da *filha* repentina que Therèze trouxe para a minha vida antes mesmo que ela própria entrasse com armas, corpo, sabedoria, tesão e bagagem no dia a dia da minha existência. *A menina que cuida da minha filha não veio*.

Heliseu enxaguou o rosto com abundância de água, enxugou-se, e testou com uma leve pressão de dedos cada trecho de pele atrás de pelos perdidos. *Procurar pelo em ovo*, ele disse uma vez no anfiteatro, *curtam a delícia das expres-*

sões populares. É mais ou menos o que passei a vida fazendo. Mas eu não disse "curtam", senhores, porque eu nunca fui contemporâneo, sequer moderno; eu disse "saboreiem", o que valeu um breve parêntese sobre a flexão dos verbos em *ear*, de confusa porém interessantíssima ramificação filológica, disso eu lembro bem, *uma esquina sem semáforo onde trombam diariamente sons e letras*. Claro que filhos dão uma respeitabilidade metafísica à mulher, ou, algo ainda anterior, a filosofia nem havia nascido, trata-se de uma respeitabilidade mitológica, mãe e filho são um ser só iconográfico que exige nossa instantânea reverência — lá estão elas através dos séculos, explica-me Therèze dois anos depois sempre com o traço irônico da superioridade europeia que não era exatamente pura ironia, lá estão, desde a tomada de Jerusalém e o assassinato de Godolias, no ano de 587 antes de Cristo, vagando em busca de terra e proteção com o filho no colo, a judia errante! Uma delas levou Jesus, filho de ninguém, na mais clássica história mal contada do mundo, e ela sorriu, sugando o toco de baseado até quase queimar os lábios.

Pois minhas más intenções encontravam naquele momento o merecido balde de água fria. Desliguei o telefone e fiquei com a mão pesada sobre ele, o olhar perdido em coisa alguma: mas o que eu estava mesmo pensando que ia fazer? Que tipo de febre foi essa que me bateu por uma desconhecida que ainda fez graça de mim com aqueles passos ridículos em câmera lenta para não perturbar a aula do catedrático? Ainda ressoam os risinhos. E que depois, sem cerimônia — quase ela toca meu ombro, como se fosse brasileira —, sugere que precisa *falar comigo*, assim, do nada, quase uma convocação, sem nem sequer dizer do que se tratava. E por uma única observação que ela fez, *palavras e moedas, linguagem e mercantilismo*, por aquela estranha liberdade que emanava dela, e por aquela picada familiar de perfume, *patchuli*, e pela íris de seus olhos, *de fina color*, e aquela beleza de rosto que não era exatamente beleza, mas algo diferente, um desenho a lápis em linhas retas esboçado por alguém de talento que não sabe ainda para onde vão os seus traços, e porque eu havia esbarrado na Mônica há poucos minutos, irritado por vê-la *no meu território* depois de um mal-estar com o Veris e aquele surto paranoico e idiota de ciúme diante de um coleguinha sorridente e suas aulas de inglês, e pelos meus 42 anos e por um filho de 7 anos que eu não conseguia encaixar em lugar nenhum da minha vida, de resto lindo como um príncipe e mimado até o último fio de cabelo pela minha mulher — subitamente decidi que algo maravilhoso, revolucionário e irracional estava para acontecer, com consequências profundas e irreversíveis na minha vida completa, começo, meio e fim, purificando-me de uma vez por todas do passado, e tudo que eu tinha a fazer era sentar ali no gabinete e esperar pelas 9h30 da quinta-feira.

Mas o paraíso tramado desabava por um telefonema que me devolvia ao chão. Voltei ao livro, porque agora era só uma questão de tempo, uma horinha a mais, *a influência da semivogal acarretou a metafonia em todas as pessoas do subjuntivo, cumpra, cumpras, cumpra*, para eu me livrar dela e de sua filha mijona. Era só o que me faltava: trocar seis por meia dúzia. Trocar o meu filho mal crescido por um bebê molhado que desde já me transformava em complemento, *vou atrasar um pouquinho*. Eu já me sentia enredado antes mesmo de entrar na rede, por assim dizer, e, em vez da libertação existencial definitiva que uma mulher como ela representaria na minha vida, eu apenas iria cair num corredor gosmento de limites mal definidos em que a vida se repete inteira, apenas sob um outro ângulo, um exercício displicente e irônico de Deus, *vejam como eles são todos iguais!* — porque, curiosamente, *em todas as pessoas do subjuntivo*, e eu levantei os olhos da gramática histórica, intrigado, havia um fio de estranha semelhança entre a finura apenas entrevista de Therèze e o mal acabamento simpático de Mônica, a cor da pele, o formato do cabelo, talvez, o tipo de humor, quem sabe, *irmãs nêmesis*, e aquilo me deu um frio, como alguém descobrindo-se vítima de uma trapaça irreversível.

O poder do sonho, senhores! — e Heliseu imobilizou-se diante do espelho, surpreso pela força retórica da imagem, *o poder do sonho, senhores!*, e sorriu: as pessoas se impressionam com os sonhos. A grande vantagem deles é que não são responsabilidade nossa; eles sempre vêm de algum lugar ignoto para atormentar ou iluminar a nossa vida; e guardam um misterioso resíduo pré-histórico, como se alguém muito mais sábio e importante do que nós estivesse mandando uma mensagem cifrada que, corretamente interpretada, abrirá as portas do paraíso. Somos apenas o *meio* de realização de um projeto cósmico que não é de nossa responsabilidade, que está em outras mãos, por assim dizer, e Heliseu sorriu, passando o dedo num pelo que escapou milagrosamente sob o queixo. Talvez eu deva começar assim a minha fala: *O poder do sonho, senhores!* Com essa simples evocação, vou atrair a simpatia dos meus pares. Eles estarão prontos a perdoar as minhas pequenas falhas: quem sonha não tem culpa.

Passou o aparelho sobre o último pelo avulso e conferiu: a pele ainda lisa, desde que ele erguesse o queixo, o que ele fez, o prazer do toque na barba feita — no teto do banheiro, viu a velha mancha de umidade que os acompanhou durante muitos anos, queixas ao síndico, a fúria da Mônica, as marretas na parede, a pintura nova, e um mês depois, como uma metáfora, a mancha renascia e se espraiava, um mapa lentíssimo. Parece a Ilha de Atlântida, veja o desenho, ele brincou uma vez com a Mônica para aplacar a sua fúria, *aquele vizinho filho da puta não troca o encanamento, por que você não vai lá falar com ele?* É a nossa Capela Sistina, divertiu-se ele numa outra vez, *onde vão escolher um novo Papa porque o Papa renunciou*, e a alma de Heliseu imbuiu-se súbita de gravidade, o meu resíduo de cristianismo que o cônego Zélio não conseguiu suprimir, que época turbulenta vivemos, mas alguma vez foi diferente, Therèze? E ela apenas obcecada com a invasão do Kuwait — *vai explodir uma guerra, os americanos encheram o Saddam de armas e agora reclamam* —, mergulhada no jornal, logo depois de dizer que estava voltando para a França, talvez com um filho meu (uma filha, de fato; eu sempre fiz planos de conferir exatamente as datas, mas no fundo essa ideia é antes um desejo, no arremate da vida ter a sensação nítida de uma filha), e que a nossa vida em comum foi boa enquanto durou. Que vida em comum? Uma troca de conveniências, talvez. As palavras e as moedas. *Como vocês dizem aqui: elas por elas*, Therèze disse, mas foi em outro momento menos grave: quem vai levantar para desligar a água do chá, que ferveu? *Agora é a sua vez* — e ela me beijou, e Heliseu recuperou agora num sopro, com uma ponta de melancolia, a sensação do desejo —, *elas por elas, meu querido*. Ele lembra bem — e Heliseu imobilizou-se diante do espelho, é preciso que a reconstituição seja exata —, um mês depois Therèze colocou as cartas e os pratos na mesa, porque aquilo seria uma despedida. Ela sempre cozinhou mal — mas dona Diva não se chama Divina por acaso, e meu humor a respeito é minha herança patrimonialista escravocrata, tudo bem, Therèze, *mea maxima culpa* — de modo, senhores, que muitas vezes eu preferia passar as manhãs com minha orientanda, cuja tese avançava com uma inesperada solidez, *a gramaticalização do duplo sentido na fala brasileira*, assim que ela deixava a menina na creche; mas eu normalmente preferia almoçar em casa, a dádiva de Diva. Exato 1,3 quilômetro, medido uma vez no odômetro do táxi, entre um apartamento e o outro. Às vezes, céu azul, eu fazia a caminhada a pé, meia horinha de exercício, passo acelerado alternando com passo tranquilo, tênis moderno especial para caminhadas, o que dava um tom juvenil à silhueta. Em casa, vinha direto a esse mesmo chuveiro, hoje de furos entupidos, naquele tempo uma ducha maravilhosa, onde ele largava pelo ralo um resto que ainda sobrasse de perfume, não mais o *patchuli, aquilo era um aroma datado, meu querido, agora eu uso esse chanel aqui*, e ela mostrava o vidrinho. Foi um período muito feliz, senhores, muito equilibrado, porque afinal Mônica estava igualmente muito feliz (embora eu ainda não soubesse exatamente por quê), até que —

Começando do começo: Therèze entrou no meu gabinete. Therèze entrou *esbaforida* no meu gabinete. Therèze entrou — eu levantei os olhos da gramática histórica, já dois parágrafos adiante, já quase conseguindo me distrair da mesma frase, *o imperfeito do subjuntivo, talvez nosso infini-*

tivo pessoal, apenas se conservou no dialeto logudorês, na passagem do latim para as línguas românicas, lembro nítido o instante — Therèze entrou abrindo totalmente a porta entreaberta, a viva expressão de ansiedade no rosto suado e momentaneamente sem charme, apenas aquela mal contida irritação de quem não conseguiu controlar o tempo e portanto perde o domínio da vida em lapsos de ansiedade, a irritação que só quem tem um filho pequeno sabe o que significa, o que eu concluí instantaneamente, expulso de antemão do meu paraíso, parecia uma outra Therèze, senhores, eu vivi o choque da realidade —

> *Folguo muyto de vos ver,*
> *pesa-me, quando vos vejo:*
> *como pod'aquisto sser,*
> *que ver-vos he meu desejo?*

— *notem na graça destes versos de Tristam Teyxeyra,* eu frisava, *o desaparecido* aquisto, *e principalmente o passo do* que *em função condicional* —, mas não houve tempo para gramática, humor ou poesia; com sua irritante liberdade, fechou a porta atrás de si como se o gabinete fosse dela, puxou uma cadeira solta e sentou-se sem convite diante da minha mesa, com um suspiro entremeado de alívio e um implícito pedido de desculpas que se deixava entrever nos olhos multicolores, recebendo a luz da única janela, de modo que em três segundos voltei a amá-la. Só então reparei que ela estava de saia, de um azul-escuro impressivo, e com uma blusa também azul, mas clarinha, de mangas compridas e sem decote, quase um improviso que se veste na corrida, *estou atrasada,* por onde se entrevia uma bem cuidada magreza; e, quando ela pela segunda vez cruzou as pernas diante de mim, vi um sapatinho sem nenhum brilho especial desta vez, mas o conjunto — aquele esboço quase displicente desenhado por alguém de talento — tinha uma graça contrastante, como um corpo frágil que a contragosto protege uma alma irritada.

— Desculpe, professor.

Olhei para o relógio — eram 10h34.

O corpo é o inimigo, ele sussurrou, tirando a velha camisa do pijama, com um botão perdido, pendurou-a na parede às suas costas tateando o gancho metálico sem tirar os olhos do espelho e em seguida passou as mãos no peito seco de pelos ralos como quem confere a qualidade de um material duvidoso, e sorriu da autoimagem: um material duvidoso. Corpo e alma: até que ponto eu sou ainda um cristão, ou até que ponto tenho o direito de reivindicar meu cristianismo, senhores? A minha crença em Deus é garantia de alguma absolvição? Ela me torna uma pessoa melhor? Ele sorriu novamente, agora de sua válvula de escape: sempre é preciso confessar, eis o segredo. Sou insuficiente para mim mesmo. Deus quer me ouvir. Nunca tive o dom, ou o poder, da solidão, aquela coisa espessa e impenetrável que fez a vida do meu pai: *eu não preciso de ninguém*, ele sempre me dizia, o que era a um tempo um conselho, uma maldição e uma ameaça. Imaginei que quando ele afinal morresse, o que eu secretamente desejava, ainda criança, a minha vida levantasse voo, até por alguma insuspeitada riqueza que me restasse, alguma pecúnia que me garantisse liberdade, mas nem isso: apenas poucas fotografias — incapazes de despertar meu lado sentimental —, uma casa velha e uma conta rala no banco, com uma poupança ridícula. Apenas mais um velho aposentado pelo Estado. Eu que me virasse com o latim e o grego, na luta para não voltar ao pó.

Suspeitei de suicídio, senhores — aquela morte tão limpa, na cama, um homem feliz que morre dormindo, sem deixar pistas nem gavetas: apenas morreu. Um mês antes parecia tão bem, com o jornal aberto na velha mesa, o pão amanhecido e o vinho ruim, com a sua indignação sempre autossuficiente: *O que esses comunistas soviéticos estão querendo em Cuba? Explodir a terceira guerra mundial?* A ideia não seria má, eu cheguei a pensar, sem dizer, simulando uma dúvida retórica quanto ao meu destino: avançar nos meus estudos filológicos para uma belíssima carreira acadêmica — pois não estou aqui hoje, senhores, aos 70 anos, recebendo uma medalha? —, ou pegar em armas e mudar o mundo, *leuamdo os mouros comtra a porta da çidade, ferimdo e matamdo em elles ssem algũua piedade?*

Esqueci o nome, dele e da praça ensolarada em que nos encontramos, Álvaro, Lauro, Paulo, Carlos, algo assim: *Venha na reunião com a gente*, e eu o corrigi mentalmente *venha à reunião*, a crase é sempre elegante, e nunca fui a reunião alguma, vagamente tentado e vagamente temeroso dos jovens comunistas da universidade organizando seus aparelhos e dissidências, precocemente sérios, já velhos aos 20 anos; e por décadas ficou aquele resíduo de respeito pela coragem, que se gravou para sempre em 1973, ao ver sua fotografia de bandido num panfleto, uma coisa de filme, TERRORISTA PROCURADO, perigoso assaltante de banco, exatamente em maio, *poderia ser eu*, lembro como se pensasse com a nitidez da cabeça de Mônica, porque, em plena ditadura Médici, coincidiu com a notícia não censurada dos milhões de pesos que a Ford argentina se viu obrigada a distribuir a hospitais e instituições de caridade sob as ameaças de sequestro do Ejército Revolucionario del Pueblo, o lendário ERP, *Que grande ideia!*, alguém disse ao café, baixando a voz, agora os *filhos da puta dos imperialistas vão ter que* — e eu, nervoso, ainda passível de, por uma bobagem de duplo sentido, perder o exame de admissão a professor auxiliar; havia escolhido um trecho da *Chronica de Dom Pedro, de Fernam Lopez*, para a aula sobre *Aspectos lexicais do galego-português*, que ele recita agora ao espelho, sintam, senhores, a dura e doce sonoridade da nossa língua de origem, *E quando chegarom e uirom de que guisa o aguardauom e souberom da prisom dos outros, ficaram muj espãtados e logo cuidarom que era fogido, e, pregumtados por elle, disserom que se perdera delles e que, buscãdo-o, acharom a besta e nom elle, e que nom sabiam que cuidassem senom que jazia em algũu logar morto.*

E se percebessem nessa escolha uma alusão aos mortos e desaparecidos da ditadura, um gesto simbólico de contestação política? — minha alma gelou e deixei o café esfriar na xicrinha ainda de porcelana, *perdi meu emprego*, eu pensava, enquanto Veris — não, não era ele ainda —, enquanto alguém dava vivas secretos ao terror argentino, *a coisa está se espalhando, Heliseu. E foram leuados a Seuilha, omde elrei estomce estaua, aquelles fidalgos que já nomeamos, e alli os mandou elrei matar todos.*

Ele não precisava de ninguém, de tal modo que o suicídio fazia sentido, ainda que a sombra de seu cristianismo pesado talvez segurasse sua mão, senhores, atentar contra a própria vida é pecado; bem, se o Papa renunciou, tudo é possível, e Heliseu sorriu, antevendo o efeito desta banalidade na plateia. Mas, ao contrário do meu pai, eu sempre precisei de mais alguma coisa, e imaginei, muitos anos depois de voltar do cemitério onde deixei o velho, que Therèze seria essa *coisa*. Você acha que eu sou uma *coisa*, uma vez ela me disse, sentada sobre mim, massageando este peito duro, as costelas tão duras, a pele tão fina, *e eu gosto disso*, ela concluiu, *de ser esta coisa que você deseja*: é uma relação mais clara. *Os sonhos mataram mais gente do que as vigílias, sonhadores são idiotas perigosos — sempre preferi pessoas acordadas*. Mas eu, eu estava sonhando, senhores! O que aconteceu, no meu retorno a casa, filho pródigo de meu primeiro sonho — aquele simplório, nascido dos lábios e do desejo de Mônica, que no entanto teve o poder de me dar autoestima, alguém que nunca havia feito sexo na vida além daqueles breves pesadelos do cônego Zélio, *você tem certeza?*, perguntou meu pai incrédulo diante do meu relato infantil — o meu pai imóvel como uma estátua no alto da escada, minha mãe morta aos meus pés, eu tinha de escolher —, e alguma coisa das mãos de Mônica nos meus cabelos como que reatava o fio de algum afeto perdido. Permitam-me o breve calor do sentimento, senhores: Mônica, com dois ou três beijos, me devolveu a vida. O que eu fiz com elas, Mônica e a vida, é outra coisa. Chegaremos lá.

E era um medo inútil, o dos mortos de Fernão Lopes — fui aprovado com louvor, *uma paixão filológica como raras vezes se vê*, o velho Brabante, decano da banca, ainda dos tempos da cátedra, que morreria seis meses depois distraído debaixo de um ônibus, comentou na mesma sala de café esmagando minha mão com sua enorme mão peluda, *parabéns, jovem!* — o que me levou à ilusão de que eles haviam entendido a alusão secreta e compartilhado dela, estávamos todos do mesmo lado contra os gorilas da ditadura, todos trocando diariamente piscadelas sutis de sentido, o modo enfático como recitei *e alli os mandou elrei matar todos* não pode ter sido acaso. Comecei mesmo a acreditar que a escolha do trecho foi deliberada, o maior cronista da língua portuguesa denunciando os horrores do poder cinco séculos mais tarde, e cheguei a propalar essa mentira muitos anos depois, só para agradar Therèze, que diante de mim folheava maravilhada e estarrecida um exemplar de *Brasil: Nunca mais*, o relatório brasileiro dos mortos e desaparecidos, lançado um ano antes do nosso encontro às 10h34 — *Vocês também tiveram seu Auschwitz*, o que me chocou profundamente, como se eu fosse um velho patriota, *o que essa francesinha deslumbrada sabe do Brasil?*, eu pensei em cochichar em tom de facécia enquanto lhe daria um beijinho conciliador no pescoço, mas — e disso não me arrependo — eu disse, severo, *Não banalize o nazismo*, e ela fechou o livro imediatamente: *Você parece o meu pai*, ela disse. E eu contemporizei, que ela não ficasse triste, tal o desespero que eu sentia por agradá-la: *São circunstâncias completamente diferentes; não dá para comparar nem mesmo com a Argentina ou o Chile*, a queda das consoantes intervocálicas nos separou deles para sempre, e voltamos ao *Brasil: Nunca mais* — e, folheando-o, encontrei por acaso o nome do ex-colega Carlos Álvaro Paulo Mauro, o nome de novo me escapa, mas naquele momento ele brilhou nítido na lista dos desaparecidos, e eu senti a memória do medo — *A maneira da sua morte seeria muj estranha e crua de comtar, ca mandou tirar o coraçom pellos peitos a Pero Coelho e Aluolo Gomçalluez pellas espadoas e emfim mandou-os queimar.*

— Sim, já escovei os dentes — ele sussurrou. Sentiu uma breve onda de frio no peito nu, um banheiro insalubre, e massageou-se por alguns segundos, testando a dureza dos ossos. Tentou recuperar o fio do raciocínio — eu tenho de me organizar ou minha fala será um desastre, fazer um pequeno roteiro, ater-me apenas ao essencial, ao fio acadêmico, e Heliseu divagou: quem sabe me permitir algumas pequenas transgressões de sentido, um toque de informalidade emotiva para levá-los a sorrir? Eles não são tão *quadrados* assim, como diria meu filho, como *disse* meu filho, na última vez que nos vimos: Você é inteiro quadrado, pai. Eu gostei daquele "pai", em decrescendo — era quase um suspiro. Bem no fundo jazia um carinho oculto. Um carinho e uma desistência, para sempre. Você é inteiro quadrado, pai. Adeus. Exatamente a minha desistência pelo meu pai, que por sua vez havia desistido de mim — *Você tem certeza, filho, que o padre Zélio...?* E não tocou mais no assunto. Deus estava acima dessas miudezas. Todas as pessoas têm um Abrahão em casa, pronto a enterrar a faca do pescoço ao pênis e despejar nossas vísceras em honra ao Senhor. Eu havia recitado exatamente esta frase de efeito à Therèze, quando lhe falei do meu pai, e ela me corrigiu imediatamente: por que "pênis"? Os sem-pênis não têm direitos?! Rimos demoradamente, auxiliados pela maconha: os direitos dos sem-pênis! Vamos levantar esta bandeira! Como diziam os escritores antigos, corria o ano inocente de 1984, quando o mundo inteiro tentava recomeçar dos escombros de 1968. E Therèze comentava um dos seus temas favoritos, o espírito trágico do judaísmo. *O meu problema, Heliseu, é que eu não sou trágica — sinto-me incapaz de absorver o sentimento da tragédia. E parece que, sem isso, não sou mais judia.*

Senhores, eu gostava muito, muitíssimo, da alma pré-cristã de Therèze — alguém ainda não marcado pelo cristianismo. Ela era realmente capaz de ficar nua, completamente, de corpo e alma. E como para escapar da tolice da imagem — sentiu uma película de calor queimar o rosto, aos 70 anos eu ainda sinto vergonha, senhores, é uma das minhas raras qualidades —, dobrou-se, curiosamente sem a velha pontada de dor na coluna, amanheci fisicamente bem hoje, a química faz efeito, e começou a desvestir a velha calça de pijama com cuidado e lentidão para não escorregar no chão liso do banheiro, há uma estatística imensa de acidentes, paralisias, hematomas, pernas, bacias e braços quebrados, às vezes mortes absurdas, tudo nesse espaço estreito de azulejos, umidade, quinas assassinas, gás de aquecedores velhos, afogamentos, suicídios — o banheiro é o *éskhatos* da casa, senhores, e ele tentou ver-se por inteiro só de cuecas no pequeno espelho — há sempre um toque de holocausto num velho nu, esta grotesca fragilidade física recitando *Consider Phlebas, who was once handsome and tall as you*. A ideia da morte medieval, este esqueleto que vedes ao espelho, mais a foice desenhada, queridos alunos — jamais chamei meus alunos de queridos, mas deveria, figuras tão frágeis, transparentes, flutuantes diante de mim, meus amados discípulos —, não tem de fato transcendência alguma; é apenas a expressão egoísta de quem tem algo a perder, que vai perder, e que por isso sofre terrivelmente; é o puro lamento da perda, não a alegria da passagem. Do século XIV em diante — não ficaria mal este toque de erudição, discreta, bem medida, para eles perceberem que, de fato, eu mereço a homenagem que me fazem, mereço até moralmente, por nunca em público fazer praça de mim mesmo —, vejam, senhores, o homem da Europa começava a saber o que era *bom*, os prazeres terrenos ganhavam solidez, as cidades se enriqueciam, o mundo se ampliava, e, justo no melhor da festa, o supetão da morte, o horror da peste ou o simples fim; era preciso lembrar duramente o que todos perderíamos, com ou sem culpa na bagagem, em imagens acachapantes de carne podre, era preciso antes frisar a passagem universal para o fundo da Terra que para o alto do Céu, como no Paraíso idílico de Dante. O mundo começava enfim a se mover — *o mundo começava a se mover*, testou Heliseu, a voz baixinha — isso é bonito.

Sentiu uma pequena tontura — a mesma tontura recorrente que começou alguns anos atrás, o médico indeciso, talvez uma crise clássica de labirinto, talvez uma vertigem psicossomática, e eles conversavam sussurrantes sobre como vencer aquele inimigo oculto que se apossava discreto de seu corpo para derrubá-lo e que depois desaparecia, numa guerrilha mental, a cabeça girando, *vamos observar*, ele lembra do que o médico disse, enquanto receitava um placebo qualquer —, apoiou-se no azulejo e pendurou a calça do pijama enfim livre na sua mão, passando-a entretanto antes na testa, que suava, fria; e em seguida começou a baixar a cueca com cuidado, primeiro uma perna, depois a outra, a tontura leve persistia, e teve a visão do alto de sua própria magreza, os joelhos secos e dobrados, *como você consegue essa magreza enxuta?*, dizia-lhe Mônica nos bons tempos, antes que o poder de seu beijo fosse misteriosamente se esvaziando, *eu fico nas bolachinhas d'água e veja, ponha a mão aqui no meu pneuzinho*, era muito bom aquele pneuzinho, e Heliseu sorriu de olhos fechados, o banheiro girando — o inimigo é o corpo, quem foi que disse isso?

Deu três passos em direção ao vaso, apoiando-se no balcão de granito, talvez para vomitar, ele imaginou — a estranha náusea que vem com a vertigem, a volta à infância de uma viagem de ônibus com seu pai, 65 anos atrás, os solavancos daquela estrada de terra, e ele com vergonha de pedir para vomitar, até que o pai suspeitou de alguma coisa, esse garoto está branco, a velha senhora do assento da frente acusou, torcendo a cabeça enorme em direção a eles, e o pai, sem dizer uma palavra, com um toque de irritação, essa mulher enxerida, abriu de um golpe a janela do ônibus e ergueu o menino tonto até a abertura de vento, que ele vomitasse, o que ele fez, seguro nas mãos firmes do pai, a cabeça maravilhosamente ao vento e ao pó daquele ônibus, a paisagem verde correndo, uma golfada de vômito que lhe deu um imenso alívio; ao voltar a cabeça, encontrou o lenço do pai e uma estranha e silenciosa ternura no jeito do velho, é isso mesmo, Heliseu lembrou, agora sentado no vaso e olhando para o teto em busca de uma âncora que diminuísse a tontura, ele não dizia nada para não dar o braço a torcer, mas era ternura aquilo, o lenço limpando meu rosto e o olhar preocupado de pai, o ônibus sacolejando, e eu me acalmei, alguém que recebe um presente inesperado.

Ouviu os borborigmos do próprio corpo, a turbulência dos gases, uma e outra ponta de cólica, como se testassem a ferrugem do corpo, *testar a ferrugem*, ele sussurrou com um breve sorriso e fechou os olhos, à espera. Nunca tive problemas de intestino, ele gostava de confessar aos médicos; não sei o que é prisão de ventre. O segredo são as frutas, costumava dizer a Mônica, até que ela começou a se antecipar e dizia a ele, *o segredo são as frutas*, com uma ironia divertida. Deixou a urina escapar lenta, mal podia ouvi-la escorrer — o meu primeiro sinal de velhice, uma vez ele confessou a alguém, foi uma breve incontinência, e no mesmo momento em que disse sentiu vergonha, porque mais alguém chegava ao café, e era mulher — um homem ainda novo, e viúvo, a morte trágica da esposa, voando do sétimo andar; talvez fosse ele o assassino, chegavam provavelmente a sussurrar, com uma excitação especial, não é sempre que se toma café com um assassino, lá vem ele, disfarcem, e ele se surpreendeu com a força da própria solidão: ninguém com quem partilhar nada. Um Jean Valjean moderno, mas cuja punição por seu crime imaginário, senhores, é justamente ficar solto e livre. A incontinência — acordar mijado antes dos 50 anos, como uma criança. Levantou o lençol não acreditando no que via. Isso logo depois do último café com *croissant*, voltando da longa viagem à França, a filha ao lado com a revistinha, o nocaute: *Estou grávida*. Havia uma longa explicação, ou uma *desconstrução*, como Therèze preferia dizer, já com uma afetação defensiva, o fio de ressentimento de uma mulher que se vê obrigada a *explicar-se*, quando claramente preferiria desaparecer para sempre, mas que, por algumas migalhas morais que resistem a coçar, é incapaz de fazer isso, porque quer sair-se bem ao sair de cena, deixar *a última palavra, a que encerra o assunto*. A chave de ouro. Como seu filho: Pai, você é quadrado. E não se fala mais nisso. Não não não não não. Sem sentimentalismo, Heliseu. Sentiu descer um novo fio de urina, que deixou escapar, a cabeça longe: agora é você que tem de dar a última palavra. Você não é um *coitado*. Não caia no conforto dos bons sentimentos. Não lamente nada. Seja apenas sóbrio — é isso que eles querem e esperam. Uma homenagem justa e exata, sem os ridículos transbordamentos emocionais, sem o desconforto dos pedidos de socorro. A vida bem vivida: neste prato, a sua existência; no outro, a medalha de ouro. E não se fala mais nisso: apertaremos firmemente as mãos. Palavras e moedas.

Ele sorriu da imagem — por que eu tenho de corroer tudo? Será que eu sempre fui assim, e, num lapso, abriu a boca para chamar sua mulher e perguntar: *eu sempre fui assim?* Vou perguntar à dona Diva: Eu sempre fui assim, dona Diva? Sempre exigindo a explicação final para todas as coisas? Sempre querendo *cumprir um destino?* — ele se deteve nessa imagem, já sem vertigem. Cumprir um destino: algo para pensar. O borborigmo voltou, agora sem cólica, e ele fechou os olhos, tranquilo, à espera, antecipando o alívio: o corpo está funcionando.

Tirei os olhos do relógio, fechei o livro — *o imperfeito do subjuntivo* — de um golpe, como alguém que oculta um material inconveniente, quem sabe pornográfico, e sorri:

— Tudo bem, Therèze, eu — abri os braços, este é o meu reino, que afinal se resume a esta sala —, eu estava trabalhando, e o tempo que passo aqui não se perde.

Ele acompanhou uma discreta rachadura no azulejo adiante, um fio aleatório que parecia aumentar ano a ano, uma espécie de âncora do olhar nos milhares de vezes, todas as manhãs, em que ele sentava no vaso, à espera. Eu não deveria tê-la chamado pelo nome, foi um erro, senhores. Sorriu: o homicida sente falta da amante, pela qual destruiu sua vida — imaginou o burburinho na plateia, sentiu o fel de uma misteriosa vingança (contra o quê?), quase chegou ao riso alto, que dona Diva não ouvisse, alguém que se descontrola, e afinal se acalmou, agarrando-se na rachadura em frente, caprichosa como as linhas de um mapa hidrográfico. *Se con toda diligencia esguardar e vyr mynha conciencia e meus fectos e obras, non acharey em mym sygnal de nenhũa obra boa.* Mas, em vez de chafurdar na agressão ou na autopiedade, muito melhor é filosofar sobre a natureza da paixão — por que, senhores, o professor se encantou por ela à primeira vista?

Fechou os olhos, ponderando as possibilidades: um, porque eu estava *disponível*, o desejo da traição já vinha me tomando a alma há meses, esperando a sua presa, ou o seu momento, embora tudo não passasse de *espera* — nenhuma iniciativa. É como se, a todo momento, os olhos procurassem no emaranhado da página, em dez mil desenhos de figuras circulantes, como em quebra-cabeças coloridos de crianças, onde está a heroína oculta que nos libertará, mas será como se ela me visse, e não eu a ela. É ela que me encontra — não tenho culpa. Um homem *disponível*, o que parece estranho, e sentiu a angústia dos papéis invertidos, *prostitutas são disponíveis*, diria seu pai, não homens, e ele sacudiu a cabeça pela grosseria estúpida da imagem, homens escolhem, mulheres são escolhidas, *eu som alta proffundeza de perdiçom; eu som deleitaçom mortal de todos os maaos deseios; eu, do diaboo emganada, muytos enganey*, e voltou a se concentrar em Therèze, que sorria diante dele, as pernas cruzadas, o mesmo sorriso ambíguo de quem pede desculpas mas aposta na própria graça para ser desculpada, a chantagem inocente da beleza: Desculpe, professor. A minha filha...

Dois: o momento de fragilidade. Tomou de empréstimo as palavras do filho: *Você jamais vai me entender*, disse-lhe o filho, *eu estou num momento de fragilidade*. O que era uma mentira: frágil era seu namorado, ao lado, a barbicha perfeitamente aparada ocultando um rosto de criança, ambos de mãos dadas no gesto mais tenso e desafiador que jamais presenciei. Olhos no azulejo, sentiu o coração acelerar pela simples lembrança da imagem do filho e do namorado de mãos dadas, imagem da qual ele também jamais se livrou, como da queda no abismo em 1954 e o rosto da mãe se inclinando sobre ele na penumbra. Sofro de obsessões imagéticas recorrentes, doutor — dói aqui, e ele apontaria o indicador na própria testa, como o cano de uma arma. *Você preferiria*, disse-lhe Mônica naquela mesma noite, *que ele fosse viciado em drogas*. E eu respondi, olhos abertos no escuro: *É verdade*. E nossa vida comum acabou exatamente naquele momento. Não não não não: não faça dramas. Não crie uma fotonovela com você de artista principal. A vida comum não existia mais há muitos e muitos anos, desde que. Desde que Therèze sentou diante de você e cruzou as pernas, ajustando o vestido azul sobre o joelho. O filho adulto com o namorado, e em seguida a sua resposta à agressão de Mônica, foi apenas o desfecho formal, anos depois. Você pensou em dizer em voz alta: Ele sabe o que é a aids? Mais de 30 milhões de pessoas contaminadas agora, em 1997, eu queria dizer, com a mesma precisão das datas e dos dados da Mônica no balcão do banco, para me tornar mais convincente, outra queda de consoantes intervocálicas, e ele achou graça, o riso sempre escorrendo por mim, o disfarce de sempre. Eu poderia ainda dizer, como último recurso, para esconder a brutalidade da questão moral: é mais simples se livrar das drogas que — do HIV. Mas que vida em comum alguém como eu poderia ter? Em 1984, entretanto, a fragilidade era outra, era a da pluma feliz ao vento, por assim dizer, solto e livre, e não a fragilidade de alguém acuado no escuro, de onde não mais saí, até que os senhores, com esta medalha —

Três: Therèze.

Eu preferia que ela passasse a falar da filha, contasse a sua vida para mim, abrisse o seu coração; alguma coisa óbvia me dizia que ela era divorciada, ou apenas separada, ou apenas mãe solteira sem desculpa nenhuma, alguém que toca a vida fazendo besteira, uma atrás da outra, e eu seria alegremente mais uma besteira, porque *sou um homem disponível*, eu quase disse, e se a neurociência já estivesse na moda naquela década tacanha, eu até poderia acrescentar que isso significa que sou um *Homo erectus* adaptado, apto à sobrevivência, macho alfa atrás de um escape depois de anos tranquilos de uma boa hibernação sexual, e portanto tudo seria cientificamente tranquilo, meu álibi é nada menos que Darwin, assim como, também cientificamente, eu tentava extrair a origem daquele discreto *erre* rascante nos encontros consonantais, uma *estrrangeira* está diante de mim, e para um brasileirinho católico isso é sempre sutilmente excitante, assim de pernas cruzadas. As palavras são como moedas, e esse é o coração do mercantilismo — eu me agarrei a essa imagem, para melhor conquistá-la: ela tem uma fina intuição científica. Suspirei.

— Então, moça — e me arrependi imediatamente do tom paternal, ainda mais seguido de um suspiro, mesmo que bem-humorado: eu sorria. "O que eu posso fazer por você" ou "sou todo ouvidos", *ante que ffosses aqui, que fazias e que officio usauas na aldea e lugar em que morauas?* — mas fiquei quieto, *este mesquinho de mym que tu vees.*

Ela demorou-se a decidir, a boca semiaberta, os olhos irradiando uma simpatia um tanto aflita, por onde começar? Mas estávamos felizes, assim pendurados, um diante do outro: a paixão é o mistério, senhores — e Heliseu fechou os olhos, tranquilo, sentindo um breve manto de frio no corpo nu.

— Vou explicar do começo, professor: a minha dissertação de mestrado — na verdade a minha *maîtrise*, que eu não consegui revalidar no Brasil, eu concluí em Paris 6 —, a minha *maîtrise* é, foi, quer dizer, na verdade um ponto de partida: foi a ironia. Em suma: eu escrevi sobre algumas marcas da ironia no francês e no brasileiro, isto é, no português brasileiro contemporâneo, tomados em comparação.

Eu quase disse, de um impulso repressivo que me subia, *maldiçom he a mym, por que de muyto trabalho e de muytas afflições de mūdo vijn ao hermo e a gram ffolgança que emtom nom tijnha*: procure um professor da área de linguística, há 300 deles, aquele vastíssimo setor de análise de discurso em que cabe qualquer caraminhola, os nefelibatas da linguagem, e, como você é francesa (não, eu ainda não sabia que ela era francesa), estará chafurdando em casa; eu sou da velha e boa filologia românica e ramos derivados, eu penetro surdamente no reino das palavras, a sólida gramática histórica, o texto concreto no papel e no pergaminho, deixando pegadas firmes por onde passa, de modo que — e quase acrescentaria mentalmente —, de modo que tudo que é suprassegmental, a principal morada da ironia, esse tom empinado de nariz, não me interessa, e portanto — mas mantive o sorriso, indeciso, tentando entender a fonte do meu inexplicável rancor, como alguém que perde um pássaro antes mesmo de tê-lo à mão, porque é claro que ela — agora suspensa, pensando mais uma vez na melhor tática de me seduzir, os lábios finos entreabertos —, que ela percebia a minha resistência.

— Prossiga.

Não fui animador, eu sei. Há como que um masoquismo na paixão. Esse cuidar que ganha em se perder. Therèze amava o poema de Camões, recitava-o para mim, verso a verso, e com tal zelo e sempre e tanto, complementava eu, feliz — e quantas e quantas vezes rememoramos nosso primeiro encontro, cada passo e gesto, a cor azul do vestido, a tensão da ironia naquela sala gelada, o imperfeito do subjuntivo, o meu secreto rancor antevendo que a levariam dali para outro departamento, porque tudo que eu tinha (e era exatamente por isso que ela me procurava, o professor errado) eram apenas duas vagas no doutorado, porque, se o anfiteatro se enchia de curiosos, meu programa de pós-graduação se esvaziava, quem quer este velho precoce como orientador? Duas vagas eram ouro, todo o resto lotado. Quem me quer?

Ela queria.

— Mas você já pensava em tudo isso quando eu abri aquela porta esbaforida? Você é tarado?

— Repita assim: esbafo*rr*ida. Você nunca *rr*asca o e*rr*e intervocálico; apenas em grupos consonantais, minha *frr*ancesinha. E eu gosto de tudo *rr*ascado assim *rr*ouquinha.

— Esbafo*rr*ida.

— Ta*rr*ado.

— Ta*rr*ado.

— Que ma*rr*avilha! E tem mais: você não abriu a porta. Ela já estava aberta. Eu levantava os olhos do imperfeito do subjuntivo a cada cinco segundos esperando você. E temendo que, em vez de você, surgisse a cabeça gigantesca da doutora Vespucci, errática no dia e na hora, a investigar a minha vida e transbordar a minha sala. Senhores, eu nunca fui um homem livre nem no sagrado local do trabalho.

— Heliseu, você foi muito frio comigo quando eu entrei.

— F*rr*io.

— Por que você nunca me leva a sério?

— Porque sou sua tese.

E então, senhores, ela me beijava, abraçando-me com delicadeza, ela inteira era uma aura de ternura, e Heliseu tirou os olhos do azulejo e ergueu-os ao teto, sentindo uma onda de frio e melancolia. E era verdade, sussurrou: eu era a tese de Therèze. Não eram só as vagas: era o meu sólido saber. Uma vez que a tese se completou, poucos anos depois, ela —

Eu deveria ter dito imediatamente: Muito interessante a sua tese. Mas você bateu na área errada: sou um filólogo, não um... e um gesto de mão deveria indicar meu desprezo aristocrático, não um... *analista de discurso*.

Mas eu disse, soltando linha abundante naquele rio revolto, o peixe era grande:

— E você pretende prosseguir a pesquisa sobre a ironia? Qual o seu projeto?

Então, senhores — Heliseu fechou os olhos atrás da imagem exata —, Therèze deu um curto suspiro (aquele clássico bufar parisiense, eles bufam o tempo todo, mas suavizado, à brasileira, quase uma pequena contrariedade, mas que nela era o sinal de uma mudança de registro da alma: ela agora apenas *pensava*, com a sua presa já sob domínio; havia nela uma tensão de chegar exatamente ao ponto mental desejado, concluir o ataque com uma exatidão iluminista, que não deixasse um rastro de sombra, que, de um golpe, *me convencesse*), e investiu:

— Professor, eu quero ir adiante. A ironia é um traço universal, *que se cria na aura da linguagem* — e ela desenhou no ar uma graciosa linha curva com a unha vermelha.

— Mas eu quero mergulhar numa especificidade do Brasil,

que está no centro da cultura do país: aqui, na oralidade brasileira, de uma forma mais radical do que em qualquer outro lugar do mundo, todos os significados reais estão fora das palavras.

Agitada, procurou na bolsa um papel, que desdobrou e leu, como uma cola: um ataque ensaiado. E um momento tenso: ela estava apaixonada pela sua ideia, e determinou-se a expressá-la com o máximo de exatidão para melhor me seduzir, quando então os *erres* rascantes, sem vigilância, pipocavam em cada frase (o que, eu iria descobrir em breve, acontecia sempre que Therèze ficava nervosa).

— Quero dizer: há um duplo sentido permanente na realização da linguagem *brrasileira*. A ambiguidade é a norma, não o acidente. É como se o nosso ouvido se *concentrrasse*, a todo momento, diretamente no segundo plano, não no *prrimeiro*. É como se vivêssemos *semprre* flutuando em outra dimensão de sentido, onde estariam todos os valores relevantes da linguagem, enquanto falamos a *trrês* por *quatrro* coisas que são apenas invólucros de um mundo de superfície. Invólucros de *outrra* coisa, e não da simples referência linguística.

Silêncio.

— É *imprressionante* a rapidez, a eficiência com que o ouvido brasileiro procura e descobre todas as nuances ocultas de significado no evento da fala enquanto as *palavrras* todas discorrem sobre outras coisas que não têm nada a ver, e é *imprressionante* como também respondemos com palavras que estão longe do que importa, mas deixando nas *frrestinhas* da sintaxe os sentidos *secrretos* do que queremos realmente dizer.

Silêncio.

— Em *outrras* palavras, professor: o ouvido brasileiro é o ouvido mais apurado do mundo para *interprretar* o não-dito e responder a ele. Ele se alimenta daquilo que não é dito. A percepção *brrasileira* navega quase o tempo todo no subentendido.

Silêncio.

— Esta é a minha hipótese.

Silêncio.

— A pesquisa tentará *descobrrir* em que medida esse *trraço* cultural assimilou-se *grramaticalmente* na fala *brrasileira*.

Silêncio.

— Em suma: é possível apontar com o dedo, na própria *frrase* realizada, a *prresença* do não-dito, sem recorrer ao que está implícito, à aura da linguagem, ao enunciado como um todo?

Silêncio.

— No Brasil, o duplo sentido se *grramaticalizou*?

Silêncio.

Therèze baixou os olhos e suspirou: senhores, eu podia ver, nítida, a sua respiração movendo-se sincopada no peito, enquanto ela dobrava a sua cola e, em gestos lentos, a um tempo misteriosamente desapontados e graciosos, devolvia o papel à bolsa. Sem erguer os olhos, a voz agora sumida:

— Eu acho que sim.

Silêncio.

— É isso.

Silêncio.

Ela fechou a bolsa e ergueu os olhos para mim. Senhores, a primeira coisa que senti ao acordar daquela breve, e quem sabe ingênua, epifania, foi que, enquanto o coração de Therèze visivelmente se acalmava, o subir e o descer de seu peito ficavam mais lentos, a respiração recuperando seu ritmo original, alguém que emerge de um breve delírio e já se conforma com a derrota, retomando a normalidade da vida real. Agora, na gangorra do contato, era o meu coração que disparava, assombrado pelo medo: medo de que entrasse alguém na sala e cortasse a eletricidade do instante; medo de que ela se erguesse envergonhada e desaparecesse; medo de que a área de linguística arrancasse Therèze de meus braços, desfazendo aquele equívoco simples de propor uma tese certa ao mestre errado; medo de que eles criassem uma vaga nova naquele semestre só para tirá-la de mim; medo de não descobrir o tom capaz de prendê-la nos meus braços tanto quanto possível, medo de não encontrar a isca exata para mantê-la próxima de mim por um bom tempo, até que eu pudesse agarrá-la com firmeza.

— Você ficou um tempão sem falar nada — ela me disse, numa das muitas reconstruções do *crrime*, como ela gostava de brincar. — Eu imaginei que você fosse dizer, *Nunca ouvi nada mais idiota na minha vida. Suma da minha frente!* — e eles riam, rememorando, como eu agora, senhores, diante de um azulejo quebrado. *O segredo, Heliseu, a grande mudança, não foi a Casa-Grande e o pitoresco mundo rural, onde tudo era brutalmente nítido; foi a escravidão urbana brasileira que cresceu exponencialmente no século XIX. A presença negra em meio aos brancos no dia a dia, ruas, calçadas, praças, quintais, repartições, salas, em toda parte e lugar, brancos e negros amulatando-se mentalmente, a esgrima sutil de fingir normalidade familiar, profissional, cívica, institucional, social, a todo instante foi fissurando as formas da linguagem, modificando regências, reconcor-*

dando os verbos, criando curvas sintáticas, duplicando re-
ferências, no esforço insano e perpétuo de fingir um mun-
do inexistente e de dizer não dizendo e não dizer dizendo,
geração após geração — como isso pode não *deixar marcas*
gramaticais?!

Heliseu, como num truque de criança, sacudiu a cabeça para não lembrar e escapar do desejo, sob uma onda
de frio que correu em arrepios por sua pele nua, mas era
como se Therèze voltasse para tocá-lo, para sentar sobre
ele ali mesmo, *cam fremosa es e cam louçãa, estando ante*
ella ē geolhos, e ele se manteve imóvel, olhos fechados, ah
meu Deus, o transporte da memória. *Você está apaixonado,*
disse-lhe Mônica, quando já era tão tarde que nem mais
Therèze ele tinha à mão — estou vivendo uma espécie vazia
de *nada*, ele pensou em dizer, e o que Mônica me disse naquele momento, Inspetor Maigret, uma mulher não deve
nunca dizer a um homem já naturalmente ferido, um homem já, sejamos dramaticamente reais, um homem já completamente no chão — mas isso, senhores, é claro que eu
não confessei.

Do nada, veio-lhe o filho à memória, e ele apertou os
olhos para se esconder nele, porque agora — acho que é
isso mesmo, senhores, talvez ele dissesse — parecia que o
centro de sua vida, *o de fingir um mundo inexistente e de*
dizer não dizendo e não dizer dizendo, estava exclusiva-
mente no seu filho, na porta que ele abriu e não devia abrir,
25 anos atrás, como se a vida se repetisse (e no entanto não
se repetia).

— Eu tenho de organizar minha cabeça — Heliseu sussurrou. Ou ele não conseguiria enfrentar a sua plateia. Os colegas de 40 anos de convivência — uma vida inteira. — O importante é o tom — ele voltou a sussurrar. Haverá todo um *não-dito* presente, como queria minha amada Therèze, e eu tenho de preenchê-lo com alguma *substância de verdade*: eis uma boa imagem para usar. É claro que não poderia falar de sua vida pessoal, mas a sua vida pessoal atropelava-o em cada curva do pensamento, voltava a ele como um animal desgovernado, ele queria botar a vida pessoal bem longe e falar da beleza do galego-português — essa construção imaginária da História defendida por Cuesta e Teyssier, talvez ele acrescentasse, para dar o seu toque de especialista, embora período trovadoresco ou português arcaico me pareçam mais adequados e simples, queridos colegas, soluções elegantes da filologia histórica — mas a minha vida pessoal, senhores, me destruiu, ela não me deu tempo; a Língua Portuguesa teve todo o tempo do mundo para se transformar no que é hoje, no seu duro caminho de escrever *cousas de boa sustancia claramente, pera se bem poder entender, e fremoso o mais que poder, e curtamente quanto fôr necessario*, recitou Heliseu diante de sua plateia, como tantas vezes diante dos alunos, *fremoso e curtamente*, o que ele jamais conseguiu, como é difícil, porque a vida pessoal voltava-lhe em dobro para perturbar os sentidos e sequestrar a sua alma verdadeira que nunca teve oportunidade de vir à tona porque a *vida pessoal* passava por cima dele, e assim ele sobreviveu em círculos, sempre esperando o grande momento em que pudesse escapar da *vida pessoal*, sublinhou: e Heliseu sorriu — essa é a chave. A prova de que não somos meras entidades biológicas respondendo a nervos e instintos que fazem todo o serviço sujo, tão bem-feito que não nos sobra culpa nem responsabilidade e nem mesmo aquele fiapo de dúvida capaz de tirar o prazer de um gole de vinho, aquela pequena fissura moral que jamais sairá do nosso peito. No meu caso, não; eu esperei o Grande Momento e respondo por ele.

Calculou o efeito de sua frase: *alguém que não foge*. Os colegas esperam que eu diga algo assim. Heliseu sentiu um arrepio de entusiasmo com a ideia, como quem descobre o início da meada: começar por aí, o projeto da minha vida, e ao mesmo tempo a sua *vida pessoal* voltava a derrubá-lo cada vez que ele erguia a cabeça para ser outra coisa, *a porra da vida pessoal* marretava-lhe a cabeça, *essa merda*, sentindo os borborigmos da barriga, os célebres movimentos peristálticos, disse-lhe o médico como a voz da ciência, como estão seus *movimentos peristálticos?*, e veio-lhe Rabelais à cabeça, nítido como uma gravura da Idade Média, cada coisa simetricamente no seu lugar, a linha do lápis captando a essência do mundo, percorrendo com delicadeza o contorno das coisas, Pantagruel mijando na aldeia e tanto e com tal empenho e força que o dilúvio de seu mijo derrubou casas, monumentos, igrejas, aquela enxurrada interminável, a maior enchente da história da França, e Heliseu começou a rir, Rabelais é fantástico, e o riso afrouxou minha alma e me soltou as tripas, senhores, e ele continuou rindo, relembrando a leitura de Rabelais em voz alta, um capítulo inteiro que Therèze lhe recitou em francês antigo, à mesinha de fórmica, enquanto ele bebia vinho e contemplava uma paisagem geométrica de fundos de prédios pela janela da cozinha que ele frequentou deliciosamente por quatro anos até que ela se mudasse para longe, retornando uma única vez para dizer que estava grávida e que iria passar um tempo em Israel. Eu preciso de um — e ela fez uma pausa, procurando a palavra exata —, eu preciso de um *sentido*. E voltou-lhe com a resistência e a ressonância de uma bigorna a frase que ouviu poucos meses depois da origem, daquela quinta-feira às 10h32, exatamente naquela mesma cozinha estreita e aconchegante *chez* Therèze, *Mas quem disse que eu quero casar com você?* Ela esticou o pescoço por sobre a mesa estreita e beijou-lhe levemente os lábios sujos de manteiga, ele sentiu nos lábios fechados a pontinha da sua língua, o sol achava um caminho nos prédios para cortá-los caprichosamente em dois como uma fina parede de luz, *Seu bobinho!*, foi o que ela disse, sorrindo, inclinando-se agora para trás, curiosa, como quem contempla o cromo de uma criança grande. *Casar — que ideia!* E, após um minuto de indecisão, voltou a me beijar para que eu não ficasse triste, e Heliseu sorriu, reencontrando na parede a fissura do azulejo que havia misteriosamente sumido de seus olhos. *Sou muito novinha para casar.* Talvez ela tenha acrescentado, quase beirando o sarcasmo (não; ela nunca foi sarcástica; o humor dela sempre manteve um toque cordial e lúdico, o escape da brincadeira), algo como *Estamos em 1985! E você falando em casamento?!* E talvez tenha folheado a revista à mesa — ela gostava de ler durante o café da tarde, antes de sair para buscar a filha na creche —, fazendo comentários "organizadores do mundo", como uma vez eu brinquei com ela, *Você é uma maestra, que vai pondo causa e efeito em tudo que encontra*, tão completamente diferente de Mônica, para quem o mundo é um caos, cujos acontecimentos só servem para escorar a memória, e nunca há relação nenhuma entre uma coisa e outra; e Therèze havia dito, largando a revista, *Eu?! Organizadora?! Olhe em torno!*, e, de fato, seu pequeno apartamento era um caos, tudo largado em toda parte, as coisas iam automaticamente se empilhando umas sobre as outras, as gavetas se abrindo, as roupas se largando, até que no dia seguinte a diarista aparecesse — uma diarista que sofria interrogatórios intermináveis de Therèze, tocando em pontos que um brasileiro jamais tocaria sem de alguma forma *duplicar* o sentido, tingindo-o de humor, *Mas só me explique, o seu pai era negro e sua mãe branquinha dessa cor aqui, e em 1957 ele saiu da lavoura do interior para a capital e foi trabalhar como garçom?* — e a diarista (esqueci o nome dela) se apoiava na vassoura para responder, como um desenho típico de empregada doméstica, faltando-lhe apenas o lenço amarrando os cabelos com o nó em cima da testa, *ela é vaidosa*, uma vez Therèze observou; era uma mulata de rosto bonito, ligeiramente índia, e olhos pequenos e (quando me olhavam) desconfiados, magra como uma criança, que entretanto parecia nutrir uma admiração incontida por sua patroa, aquele jeito de dona Tereza *tão completamente diferente de uma mulher brasileira*, era o que a diarista deveria pensar diante da francesa, ou talvez não pensasse nesses meus termos, mas olhasse para ela e visse ali uma princesa desleixada, com algo de sagrado, alguém que merecia admiração, *todas aquelas perguntas que ela me fazia todos os dias*, talvez ela contasse às suas amigas, *a mulher me perguntava se eu estava apaixonada por meu namorado*, e elas todas gargalhariam do jeito daquela francesa mimada que jamais varrera um chão na vida e tinha curiosidade sobre o namorado da diarista, queria até saber a cor dele, *ela parece viver no mundo da lua*, quem sabe a diarista contasse em casa para os seus *oito irmãos, sim, eu tenho oito irmãos*, ela confessou uma vez, num misto irresolvido de orgulho e vergonha, e Therèze controlou-se para não abrir a boca de pasmo e fingir naturalidade, até que investigou, com a delicadeza possível: *Você deve ser muito religiosa, não? Qual é a sua religião?*, perguntou em seguida, como quem pergunta *para que time de futebol você torce?*

Como queria demonstrar, senhores: ela era uma *organizadora mental do mundo*, ainda que fosse criando o caos físico por onde seus delicados pés pisassem (e eram pés realmente delicados; com Therèze, senhores, eu descobri que, sim, é possível alguém ser *podófilo*, atenção à vogal da primeira sílaba, eu achava que esta síndrome era apenas um capítulo da formação lexical erudita do final do século XIX e não uma realidade concreta, algo que se pode tocar com os dedos, aqueles pés que irromperam na minha magna aula em passinhos simuladamente controlados e que dias depois eu toquei com fascínio, eram leves, caprichosamente desenhados, linhas que se harmonizavam suaves até a ponta dos pequenos dedos brevemente ondulados e pintados com perfeição de miniaturista de um vermelho brilhante, eu segurava o pé de Therèze temendo quebrá-lo e beijava-o nos detalhes, a língua e os lábios imaginando o que os olhos fechados não viam, eu vivia como que a beleza sensorial absoluta, e pequenos tremores elétricos chegavam sutis à minha boca contando-me em segredo, no relevo breve dos dedinhos, tudo que vibrava em Therèze) — uma *organizadora mental* e uma *desorganizadora física*, exatamente o contrário da minha sólida Mônica, para quem tudo que estivesse além de dez ou quinze metros de sua vida servia apenas de âncora da memória, a morte de Tancredo, o Plano Cruzado, a queda do muro de Berlim, até que ela folheou a revista sobre a mesa, irritada — *Clonaram a ovelha Dolly* — no seu último dia de vida, irritada não com a ovelha, mas comigo, poucos minutos antes de morrer, os acontecimentos todos do mundo inteiro eram apenas manchetes de jornal, avulsas e desconectadas, que não serviam para mais nada exceto como marcadores de datas, *conheci a Úrsula na semana em que a Catherine Deneuve esteve no Brasil lançando uma coleção de joias, 27 de agosto de 1984*, ela me disse uma vez, como quem quer puxar um assunto sobre o qual eu não queria falar. *Por que você não gosta dela?* Eu senti ali o peso da ocultação, *dela quem?* — ela estava me *enganando*. O que, automaticamente, me dava o direito de — e Heliseu levantou-se do vaso, uma breve onda de suor na testa, apertando a descarga na parede como um gesto de apoio para o corpo que parecia tremer de frio, mas era medo, ele ponderou, vendo agora o fio de água que escapava pela válvula, *há 17 anos estou para chamar o encanador*, e ele sorriu do exagero do seu cálculo, lembrando-se da precisão de Mônica e voltando em dois passos lentos ao espelho, onde se observou novamente, passando os dedos pelo queixo ossudo e liso.

— Medo do quê, doutor Heliseu?

Deu um sorrisinho de sua pergunta retórica clássica, *Você sempre fala sozinho?*, perguntou-lhe Mônica na lua de mel, e, 15 anos depois, Therèze, no primeiro encontro verdadeiramente privado deles, à mesinha de fórmica com o sol sobre a folha A4 onde ela havia colocado em itens os pontos de seu projeto de tese, ela sempre pensou com clareza, uma inteligência mais aguda do que a minha, ele concedeu, abrindo a boca e observando de novo os dentes de perto no espelho começando a embaçar, estas pontes em ruínas, uma fila de tocos irregulares mas ainda funcionais; no meu tempo, senhores, não havia aparelhos dentários. Ela sempre teve *talento*, esta dádiva que desgraçadamente me faltou — fiquei apenas no *spleen*, aquela coisa de Baudelaire e de Benjamin, que Therèze citava a toda hora, a burguesia melancólica, com saudades da nobreza que nunca foi sua, se você quer entender a gramática do Brasil, esqueça essa papagaiada profunda. Sem talento, mas — e a respiração acelerou alguns segundos, como para reforçar a autoimagem — com inteligência, método, percepção filológica, memória seletiva, tudo que se reduziu a este corpo, digamos assim, de forma concreta. No fundo você é um melancólico, Therèze me disse uma vez, olhando para mim de um jeito ambíguo, entre o fascínio pela novidade e a rejeição pela velhice. Minha suspeita é que fomos nos afastando primeiro pela idade e só depois pelo resto. Mas voltemos ao medo — e ainda diante do espelho bateu-lhe uma preguiça devorante: por que não voltar à cama e esquecer essa merda? Como que pelo calor da alma, o espelho enfim nublou-se inteiro, e ele passou a mão em círculos até deixá-lo novamente nítido.

— É o meu último contato com o mundo.

De onde vem esse terror ridículo? Você é o homenageado. Basta subir ao palco, gaguejar alguns agradecimentos, sorrir, dar um e outro espaço de silêncio comovido, como quem não acha as palavras, receber a medalha, apertar mãos, acenar para a plateia, talvez curvar-se humilde, como um pequeno maestro, e pronto. Não mais do que dois ou três minutos — todos vão ficar felizes com a sua proverbial eficiência, que bom que ele foi rápido, não? — vamos almoçar? Não deixe escapar o mínimo fiapo de ressentimento — é isso que eles estão esperando, já posso até ver o Rubem, aquela nova guarda cheia de teorias do gênero, sofisticações conceituais, *as raízes do desaparecimento do neutro na evolução do português*, o entusiasmo da perpétua desconstrução, o ridículo de *sexo e gramática — alguns parâmetros*, já posso vê-los cochichando no cafezinho, *O velho não resistiu a dar suas alfinetadas. É típico daquela figura,* serão capazes de dizer. *Matou a mulher e agora a culpa é nossa.* E eles baixarão a voz quando eu me aproximar, mal ocultando o riso. Não, não é ressentimento, nem vaidade: eu *preciso* desse momento para dar um sentido à vida. Talvez com o vocativo, no fim da frase, como uma misteriosa advertência: Eu preciso deste momento para dar um sentido à vida, *senhores*. Um último contato com a vida: o fechamento. O décimo quarto verso do soneto — e ele sorriria pela brincadeira antiquada. Talvez uma citação de Petrarca — *per le cose dubbiose altri s'avanza, et come spesso indarno si sospira*, o que seria pedante, talvez acrescentasse uma tradução livre, como quem apenas conversa, por coisas dúbias avançamos, e quase sempre suspiramos em vão, o sempre atualíssimo lamento medieval da morte, tentar em vão sair de mim mesmo para alguma coisa mais alta, com esta escada tão curta, os degraus quebrados. Mas os versos o acalmaram — a linguagem me acalma, uma vez ele disse à Therèze, o que o gênero humano não pode suportar não é a realidade, mas o silêncio.

Não, não vou desistir agora, ele disse bem próximo de si mesmo, mais uma vez embaçado no espelho — seria uma agressão estúpida e inútil, depois de aceitar o convite para a homenagem com tanto entusiasmo gaguejante, quase próximo do choro, uma pequena covardia que se permitiu, simular uma emoção que de fato era verdadeira, de modo a deixar visível no tom da voz o que ele sentia, eles se ressentem do passado, do silêncio demoníaco que pesou em torno dele quando sua mulher morreu, *em circunstâncias misteriosas*, disse um recorte de jornal que alguém pendurou no quadro do café que ele engoliu a frio, paralisado, o suor brotando no pescoço, e que desapareceu por milagre 15 minutos depois, quando alguém percebeu que ele estava por ali. Obrigado, ele disse. Três vezes obrigado: o próprio Reitor telefonou, comunicando-lhe a *justa homenagem*; e, em seguida, o diretor de Humanas, e enfim o chefe do departamento, todos nomes que ele esquecia assim que se lembrava, a outra geração, *esta burralhada que está chegando*, uma vez ele deixou escapar ao Veris no mesmo cafezinho, como se Veris fosse um gênio, pró-reitor disso e daquilo, gestão após gestão, *a luta continua*, sempre a quilômetros da sala de aula, *a questão do assédio moral é um dos problemas mais terríveis da universidade*, e aquela mudança de assunto soou como uma acusação ambígua, talvez ele, também ele, estivesse dando uma indireta — o homem que durante anos manteve a sólida aparência de sua casa, a mulher e o filho (parece que o filho é gay e foi casado para os Estados Unidos, ouvi alguma coisa assim, pediu até cidadania americana), e ao mesmo tempo, a poucas quadras daqui, ela morava ali perto da praça, aquele prédio velho, a amante, mãe solteira, parece que judia (daquelas não praticantes, mas judeu é judeu), até foi minha aluna num semestre — brilhante! —, uns 30 anos mais nova, eheh, e um tesãozinho, cá entre nós, uma mulher meio despachada, ela ia dizendo as coisas na lata, pois não é que o filho da puta do Heliseu comia ela?! Mas parece que depois que a tese foi defendida — não sei se com louvor e indicação para publicação, eu acho que não chegou a tanto, mas a guria era boa mesmo — pois ela deu um belo pontapé na bunda dele e voltou pra França. Parece que se deu muito bem lá. Deu e se deu, eheh. Em Nantes, ou Lyon, não sei. Não: Rennes. Isso. Foi em Rennes. Voltou com a barriga des'tamanho. Ele mesmo me contou, aqui nesse cafezinho, os olhinhos molhados, não dava para saber se de velheira ou de emoção, eheh. Certos tipos de velhos choram muito; outros secam completamente. E daí ele emagreceu, emagreceu, e foi enlouquecendo devagarinho até que — quer dizer, ninguém tem prova nenhuma. Mas, porra, vamos reconhecer: o cara é um puta de um filólogo.

Pela terceira vez o espelho embaçou, e voltou-lhe a estranha mancha no olho direito, que o oftalmologista garantiu não ser catarata: *Fique tranquilo*, disse ele. *Não é catarata.* "E no entanto eu não enxergo", ele pensou em responder ao médico. Deu um risinho, ainda com o eco de Veris na cabeça, o inimigo cordial de uma vida inteira, o pequeno duplo, o *sparring* mental: deve ser isso que eles ficam falando quando não estou por perto, como se ainda estivesse na ativa — e dois sentimentos opostos se chocaram: o desejo de não comparecer à homenagem, *um tapa de luvas*, fantasiou; e o desejo de *passar a limpo a minha vida, em público*, um homem clássico, como sempre fui, alguém que fala em praça pública, *urbi et orbi, senhores!* Desembaçou o espelho pela terceira vez, olhando a si mesmo de muito perto, como quem procura algo realmente novo na velha paisagem.

Desta vez ele se lembrou de abrir o armarinho sob a pia, atrás da toalha felpuda, um dos poucos prazeres que me restam, senhores, uma toalha felpuda, tenho apenas duas delas, e às vezes calham de sumir no meandro da roupa suja e da lavação, território secreto de dona Diva, desaparecem durante semanas — e ele lembrou: talvez contasse do dia em que tomou banho e só depois percebeu que não havia toalha nenhuma à mão — uma breve piadinha para aquecer sua conversa, *pois hoje tomei um banho especial para esta cerimônia, mas esqueci da toalha, o que obrigou este corpo decrépito, na sua horrenda desproporção de volumes, ossos, pele, barriga, a sair pelado pela casa atrás de sua toalha felpuda*, e ele quase esbarrou com dona Diva no curto corredor, que sem sorrir, olhos enviesados em direção à parede, para que não corressem nenhum risco, lhe estendeu justamente a toalha que fora buscar para que seu amo tomasse banho — o momento em que ele pela primeira vez sentiu a dimensão social da velhice, aquela sutil fronteira do tempo em que a vergonha, o sexo, até mesmo o termômetro do pudor desaparecem e nos transformamos em *seres*, e ele sopesou a palavra, olhando para o alto, indagativo, apenas um *ser*.

Fechou os olhos, afundou o rosto na toalha dobrada e sentiu na pele a maciez agradável e cheirosa, e se lembrou de Therèze, o momento em que a obsessão intelectual — afastou a toalha do rosto e voltou a se olhar no espelho, a manchinha dançando no olho direito — mas chegou a ser mesmo uma obsessão "intelectual"? — em que momento a obsessão se tornou física, quebrou o duro vidro de separação entre ambos e enfim tocou sua pele? — foi tocado, na verdade, como uma graça, o toque da graça. Era como se eu — ele tentou se explicar ao espelho — estivesse esperando por aquilo; não, não é isso. Não faça teatro, Heliseu. Tente se lembrar exatamente, sem fantasia. Assim que ela silenciou você até o último poço com a apresentação nervosa de seu projeto de tese, ponto a ponto, aos quais você reagiu unicamente com silêncio e com uma contração do peito, aquele esmagamento de ansiedades diante do que estava ouvindo e vendo, mais vendo que ouvindo, a porta entreaberta, a qualquer momento um idiota entraria no gabinete e você perderia aquela *ligação secreta*. Era preciso controlar muita coisa ao mesmo tempo para que Therèze não fugisse: aparentar certa distância avaliativa, que ao mesmo tempo não resvalasse para o gelo; reconhecer o tirocínio do projeto, e ao mesmo tempo identificar suas falhas, fazendo-se útil; criar um campo afetivo mínimo, que desse uma substância especial ao mundo neutro da teoria; e, do ponto de vista prático, revelar, sem dizer, que o fato de aquilo não ser propriamente o campo dele na pós-graduação seria *uma importante vantagem estratégica, porque vai dar a você uma imensa liberdade de trabalho. Ou você terá de chafurdar* (não: de se *embrenhar*, é mais neutro) *na sociolinguística. Eles vão querer te arrastar a ferros para lá*. E era como se Therèze tivesse ensaiado antecipadamente cada passo com ele, tão perfeita foi a sequência — o modo como ela baixou os olhos e disse, trêmula e quase em pânico, *então é isso*, e dobrou sua folha de itens, acrescentando em seguida com a voz mínima, a inesperada timidez, *é claro que preciso colocar isso no papel, formalizar o projeto*, e então voltou a olhar para ele com os olhos irisados pela luz da janela — eu me impressiono com o fato de que somos os brasileiros todos sempre unicamente movidos a paixão, senhores, talvez eu acrescente, como a suavizar a dureza da tese, de que apenas mentimos — e o que ele viu foi uma densa seriedade, não mais uma atriz de *commedia dell'arte* em cena criando um tipo, mas uma puta mulher que bateu fundo na minha cabeça.

— Quando foi que o senhor, quando foi que *você* — disse-lhe o filho, corrigindo com um toque de desprezo o *senhor* que ele herdara da máquina da família — verdadeiramente me abraçou? Diante deles estava o corpo da mãe esmagado dentro de um caixão na capela do cemitério, e ele não conseguia chorar, ainda vendo a mulher escapar de seus dedos sem um único grito, vivendo uma breve catatonia emocional ao lado do seu filho, este com os olhos injetados, sem dormir há 24 horas, tentando readaptar a cabeça indócil ao fuso horário e ao mundo brasileiro que agora ele queria longe para todo o sempre, *nunca mais vou voltar a esta merda de país*, e o pai cometeu o erro de tentar abraçá-lo, como a recuperar a ponta de um afeto imaginário. O filho acabara de fazer 20 anos. Por que lembrei disso agora?, e reaproximou a cabeça do espelho, vendo o rosto embaçar, qual a ligação? O toque dos dedos de alguém na nossa pele, esta graça simples. *Quando você me abraçou?*

Nunca. A mãe inclinando-se para ele no quarto escuro depois do sonho da queda, o carinho nos seus cabelos, alguma coisa que ela sussurrou para acalmá-lo — jamais conseguiu passar adiante o sentimento que recebeu naquele curto instante, sua mais antiga memória, e que ele guardou mesquinho consigo mesmo. Mas Eduardo detesta-o com certa elegância, *os gays são pessoas elegantes*, ele poderia dizer como um elogio, era para ser tudo a coisa mais normal do mundo, ora, estamos no século XXI e até o Papa renunciou, só que as coisas nunca são normais, essa coisa de coisa normal não existe, nem vendo daqui, nem de lá, os gays não são pessoas elegantes, nem não elegantes, pare uma única vez na vida de dizer coisas estúpidas — meus colegas, naquele momento — mas eu devo entrar nessa intimidade? —, eu até gostaria de ter feito mais perguntas sobre sua nova vida em San Francisco, poderia ter entrado em detalhes, mas alguma coisa me bloqueava — eu não conseguia vê-lo como um filho; apenas como alguém que desembarcou na minha vida e que por algum mistério, em algum momento, por alguma razão, por qualquer coisa que eu nunca soube o que é nem como funciona (o tempo passa muito rápido, quando você vê, as coisas já são definitivas, só você que se arrasta incompleto atrás delas), ele já era um adulto modelado e transformado por Mônica, a quem meu filho verdadeiramente amou, talvez como eu amei a minha mãe naquela curta memória de seus dedos nos meus cabelos, os homens somos frágeis, mas nada me tira da cabeça que Mônica *usurpou* o meu filho. (E o que você fazia quando eu tinha 7, 10, 13, 17 anos? Você nunca estava em casa, Eduardo me disse; a sua indiferença era tão brutal — até eu, criança, sabia da francesa, ele me disse, e eu empalideci;

Dudu, vai para o quarto, minha mãe me disse quando eu entreouvi uma conversa dela com a tia Úrsula. Ela nunca foi sua tia, eu sussurrei a ele, o caixão de testemunha — continuávamos impávidos diante do corpo de Mônica, duas figuras cobertas de gesso ainda não completamente endurecido, e era como se o Inspetor Maigret me aguardasse em algum lugar da capela cheia, *meus pêsames*, diziam todos, me aguardasse ao fim do funeral para me levar algemado, denunciado pelo próprio filho: *Algum dia você vai contar mesmo o que aconteceu naquela varanda?*); 13 anos depois, ele me conta ao telefone que vive há muito tempo com o Andrew, *sim, Andrew, com dábliu*, como se eu fosse um idiota e não um dos maiores filólogos da minha geração, ele jamais me reconheceu como um grande professor, até este departamento de merda reconhece isso, hoje mesmo vão pregar uma medalha no meu peito, mas não o meu filho, o Andrew é programador de computação, especialista em aplicativos para celulares, *uma área que está crescendo muitíssimo*, e pouco depois ele contou que estavam muito querendo um filho e entraram na fila da adoção e seriam chamados para várias entrevistas, *aqui nos Estados Unidos é pão-pão, queijo-queijo, se você inventa uma mentira você vai para a cadeia.* E a memória voltou ao funeral, quando meu filho me dizia que os brasileiros são ressentidos, se acham o máximo mas tudo aqui é uma merda, pisei no aeroporto e já senti o cheiro ruim, e aquilo me irritou, as pessoas no funeral olhando para nós não porque estavam comovidas pelo nosso sofrimento mas porque, mesmo diante do caixão de Mônica, pai e filho refreavam os gritos de ódio em sussurros furiosos — ele criou coragem ali pela primeira vez, um monstro incipiente, talvez porque eu não pudesse reagir naquela situação, diante da mulher morta dois dias antes; que lugar seria mais adequado para acertar as contas e descobrir o sentido da vida? E agora me ocorre — foi meu filho, senhores, foi ele, naquele momento, que usou esta expressão ridícula, *o sentido da vida*, que eu ando martelando na cabeça como quem repete uma frase de almanaque, mas a culpa é dele, o meu filho é o inimigo do meu sonho, foi lá que ele disse com todas as letras e a voz ainda baixa, *o que eu sempre quis foi dar um sentido à minha vida*, e ele estava encontrando esse sentido em sua nova vida, na fúria independente dos seus 20 anos, quando todos acham que vão mudar alguma coisa só por terem bons sentimentos e bons pensamentos e uma certeza estúpida na testa — eu queria dizer isso a ele, mas não disse, os jovens são idiotas perigosos, eu teria dito —, o meu resíduo de respeito pelo Álvaro (era Álvaro o nome, sim, lembrei pela imagem, não pelo som, meu dedo correndo a lista dos desaparecidos do *Brasil: Nunca mais*, Therèze ao meu lado) se esfarelava agora, ele era apenas um idiota perigoso com uma arma escondida no casaco com a qual mudaria o mundo, *Venha na reunião*, onde talvez se encontrasse com Dilma Rousseff no Comando de Libertação Nacional — Colina, que belo nome, a luta continua, companheiros! — para anos depois se tornar, ele um cadáver desaparecido, ela uma *presidenta*, que nome horroroso, alguém que só pela barbárie lexical que escolheu para ser chamada, pela dissonância riscante do *presidenta*, um som que dói no ouvido, alguém sem sensibilidade para a sonoridade da própria língua que fala, presa na arrogância travada de seu idioleto, só por isso testemunhava o seu curto limite, um bloco de anacolutos, e no entanto haveria de ser, milagrosa, anos depois, *à cabeça do pior governo brasileiro dos últimos 30 anos* —, recitou ele brevemente transtornado, e diante do espelho o riso enfim aliviou-lhe a alma, como se relaxado na sua antiga cátedra. (Quanto do que você está dizendo, perguntou-me Veris ao café, pouco antes que eu enfim me aposentasse, se deve ao mais puro e límpido preconceito? — não, Veris teria dito *sujo e escroto preconceito*, foda-se esse velho reacionário, tão irritado estava o colega que derramou um fio de café na camisa branca, *caralho!*, e Heliseu prosseguiu sorrindo diante do espelho, sentindo o sopro de uma estranha indiferença, não tenho mais filhos aqui nem em lugar nenhum, que me interessa esse governo de merda.) Meus colegas! Talvez fosse isso que eu devesse dizer quando Eduardo me ligou há um mês para contar de sua filha e, surpreendentemente, elogiar extasiado o Brasil, *a imagem da presidente Dilma aqui na América é maravilhosa*, as pessoas amam o Brasil, ela saiu no *Times*, uma mulher de fibra, poderosa, têm a maior boa vontade com *a gente*, como se ele ainda fosse um de nós, quando cada entonação de sua fala denunciava um estrangeiro, alguém já vivendo completamente sob outro quadro mental, *minha filha é afro-americana, é uma fofura, nós estamos assim... nem é possível dizer!*, e amando o distante país de fantasia que jamais chegou a ser real, esta disneylândia brasileira em que, 15 anos depois, se transformava o país de que ele fugiu — como é bonito ele amar o Brasil lá de San Francisco, abraçado com o Andrew, a filhinha com fitas rosa nos cabelos, o mundo sorri. *E fugio do mundo, por nom tirar delle algũa magoa de scandallo e infamia, nẽ teer na sua vida pecado algũu.* Na sua cátedra, explicava, como se falasse dele mesmo: no português arcaico, quem sabe por um francesismo, o "por" desta frase significa "para" — *fugir para não sofrer, senhores*, e os alunos anotavam frenéticos sem entender o que realmente estava em jogo.

Enterrou mais uma vez a toalha no rosto, para se defender da tontura, a pressão baixa, o suor da testa, e um frêmito de frio percorreu seu corpo nu — tomar um banho de imersão bem quente, e relaxar, lembrando-se de Therèze, mas a um passo da banheira desistiu, subitamente reanimado pela ideia redentora de uma chuveirada alternadamente quente e fria, repetindo a tortura de seu pai na infância, *é bom para a circulação, meu filho*, curiosamente a lembrança afetiva que se conserva do torturador, e Heliseu pensou em contar essa história, sempre em busca de um ridículo gancho coloquial para quebrar o gelo, *é bom para a saúde*, e depois os banhos deliberadamente frios no seminário, *o controle do desejo*, o velho e afável padre Lucas lhe disse quando ele se confessou no primeiro dia, *isso é normal*, cochichou, um humanista no confessionário suavizando as culpas, *fique tranquilo*, receitou os padres-nossos e ave-marias e, por via das dúvidas, *um banho frio faz bem para desenvolver um pouco de autocontrole nesta fase da vida*. Fechou os olhos, imóvel, para recuperar a imagem: ele gostava do padre Lucas, *um homem do bem*, como ele ouviu alguém dizer, e pensou em contar a ele o que estava acontecendo, mas sentiu vergonha, a vergonha cobria cada minuto de seu ano de seminário, até ele dizer ao pai, o medo sugando-lhe o ar do peito, *eu não tenho vocação*, como um europeu do século XVIII inquieto e fascinado pela nascente liberdade. *Mas pelo menos aprendeu alguma coisa?*, disse-lhe o velho, estranhamente tranquilo, como se já esperasse aquilo, um certo brilho de satisfação nos olhos, talvez até um fio de alívio, *que bom que meu filho percebeu,* o que o deixou mais atarantado, *o meu pai está me usando, a sutil manipulação emocional de quem não nos respeita, de quem jamais respirou um só minuto fora de sua bolha egocêntrica* — a sociopatia do fanático religioso, senhores, disse Heliseu em voz alta, testando a imagem sonora que melhor definisse seu pai. E eu? Sou melhor?

Meu filho começou inesperadamente a soluçar, um choro tão mais incontrolável quanto reprimido, que parecia sacudir seu corpo inteiro ao meu lado diante do caixão de Mônica, uma peça frágil que se desmonta, e eu o abracei, desta vez com força, chegando a passar a minha mão nos seus cabelos sem dar chance para que ele me repelisse, e meu filho se acalmou misteriosamente, soluçou mais duas ou três vezes como uma criança e, sem ser exatamente hostil, desvencilhou-se do meu abraço até que o gesso enfim endurecesse, os olhos fixos adiante, e ele ainda cochichou para ninguém, apontando alienado para o candelabro em frente, *aquela vela vai apagar.* Tão nítida foi a lembrança que o coração de Heliseu disparou, numa decisão que lhe soou libertadora: vou ligar para ele antes de sair, vou conversar demoradamente com meu filho, vou colocar tanto calor na minha voz e tanto interesse na minha alma — e a ideia se desdobrou imediatamente em outra, agora redentora, como um *grand finale*, ele sorriu, eu direi isso ao meu filho, um *grand finale*, ele vai achar engraçado, eu vou propor, não, eu vou *dizer que vou morar nos Estados Unidos*, faço minha mudança na semana que vem — eles vão precisar de alguém para cuidar da menina, é claro, e eu — o que eu tenho aqui pela frente? Nada. *Sou um homem absolutamente livre, como ninguém mais conseguiria ser.*

Decisão tomada, estendeu enfim a mão para a torneira — uma chuveirada, *quente, sem tortura, quente e relaxante*, mas ainda olhou para trás, como quem esquece alguma coisa, sem saber exatamente o que — *eu vou me atrasar*, ele imaginou, e bastou essa ideia para espicaçá-lo novamente de ansiedade; fechado o capítulo do filho — *ele vai acabar me aceitando, vagarosamente as arestas deixam de ser cortantes, poderemos nos aproximar sem riscos um do outro, e, para dar algum sentido prático ao sentimento, será também o meu momento de estudar inglês, tirá-lo do papel e jogá-lo na vida* —, voltou ao gabinete, inquieto pelas aulas de inglês da Mônica fechando-lhe o corredor, ou o gabinete voltou a ele, frio e distante como um enigma — colegas, eu gostaria de rever o instante exato em que a paixão não teria mais volta, porque as coisas emocionais que nos acontecem sempre têm um ponto de não retorno, como o tornozelo da mulher escapando da garra incerta dos meus dedos, ela voando em silêncio, nem um grito de despedida, por que o silêncio? — a mão sob a água testou a temperatura, o aquecedor demorado, preciso trocá-lo. Tentou retomar a exata sequência: *Então é isso*, disse, ou suspirou, Therèze, baixando os olhos com uma falsa humildade, dobrando em oito partes a folha do seu roteiro com o jeito distraído de quem monta um origami sobre a coxa, destacando as unhas vermelhas e brilhantes, o mindinho ligeiramente separado de seus irmãos, indóceis no papel — o peito azul arfava discreto com seu risco elegante de gaivotinhas, e a ponta do pé balançava-se ao fim da perna cruzada, quase o sinal de uma desistência, *ele não vai me aceitar*. A alegria de um velho; velho não, colegas meus, por favor; eu estava em torno dos meus arrogantes quarenta e poucos, alguém ainda bem cuidado, com um brilho nos olhos, alguém que está na estação de troca de pele mas ainda não sabe bem o que está acontecendo, a vida é um desejo difuso, uma ansiedade freada todos os dias por algum inimigo secreto, o meu inimigo de sempre; retomando o fio: a alegria de um professor... *apagado* — apagado no sentido simples da palavra; de um *modesto* professor, digamos assim, não de um professor medíocre, o que eu nunca fui —, a sua alegria é encontrar um bom discípulo, alguém que dá *um sentido à nossa vida*, como diria meu filho, cheio de sonhos pueris; melhor ainda se é alguém de convivência agradável, aos olhos e à alma, alguém cuja proximidade nos faz bem, como um lampejo de alegria no cinza mortal da vida acadêmica; e prosseguindo a lista de qualidades, muito melhor ainda se é alguém que *amamos* (aqui é melhor dizer apenas a palavra, sem maiores explicações: alguém que *amamos*; a memória coletiva da palavra preencherá esse vazio de possibilidades; ao modo de Platão no seu banquete, a companhia da pura inteligência, talvez; ou de Henry Miller na sua cama, as páginas que eu lia escondido do meu pai para sessões literárias de masturbação, temendo as manchas no lençol e a gosma nos dedos, no reprimido e curto esgar tarde da noite; ou as duas coisas ao mesmo tempo, o amor é generoso, com uma pitada de Marquês de Sade, um marquês já domesticado pelo mundo dos direitos infinitos e sem culpa — e a mão de Heliseu testou o calor da água do chuveiro —, aquele toque do pé, senhores, os dedinhos na boca, ou os dentes vagarosos marcando a pele da mulher amada, a carninha tenra), alguém que *amamos*, e basta, e muito melhor ainda, se este alguém, *seja de que sexo for, senhores!* — é isso que eu tenho de dizer ao meu filho, mas sem ênfase desta vez, apenas reforçar o óbvio da convivência, e eu vou dizer de tal modo que ele vai acreditar em mim, porque eu mesmo acreditarei —, e muito melhor ainda se, por uma espantosa felicidade, *este alguém também nos ama, e na mesma intensidade.*

Diante do meu silêncio, Therèze enfim ergueu os olhos para mim, o origami girando nas mãos inseguras. Eu precisava dizer alguma coisa, e o impulso automático da repressão, meu pai falando por mim, venceu a corrida mental:

— Você não acha que é coisa demais para uma tese só?

E agora eu precisava desatar aquele nó que eu mesmo dera em menos de um segundo, e que criou outro silêncio mútuo de respiração aflita.

— Quer dizer — e ergui as duas mãos espalmadas, o tom imediatamente conciliador —, todas as teses se fazem assim: pensamos no mundo inteiro, e então, enquanto trabalhamos, vamos nos concentrando numa cidade, depois fechamo-nos num bairro, em seguida miramos uma rua, paramos numa casa, e enfim num detalhe, no friso da porta, a essência do projeto. *Você tira do mármore tudo que é apenas pedra, como Michelangelo*, mas isso eu não disse, pressentindo a afetação mortal. Como se eu me transportasse naquele instante, pela simples presença de Therèze, a um outro patamar de percepção da realidade.

Ela prosseguiu olhando para mim, ainda no limbo da expectativa, avaliando milimetricamente o peso de cada palavra minha — o origami escorregou da perna para o chão, e lá ficou.

Se algum dia eu fosse honesto no sentido — a água do chuveiro correndo na sua mão, à espera da exata expressão da memória —, no sentido *social* do termo, aquele gesto cristalino, pão-pão, queijo-queijo, como diz o sotaque estrangeiro do meu filho lá do outro lado do mundo — se eu fosse simplesmente honesto, eu diria apenas assim, o sorriso gentil, um convite para o café, um levantar-se cordial da cadeira: *Vou apresentar você ao professor Sollo, da linguística. É a pessoa certa para o seu projeto. Ele certamente vai se encantar com a sua ideia e vai dar um jeito de abrir uma vaga para você já no próximo semestre. O que você propõe não é a minha área. Sou apenas um* — e eu abriria os braços, palmas para cima, o gesto despojado do falso humilde —, *sou apenas um reles filólogo da velha escola.* E eu perderia Therèze para sempre: é o preço da honestidade. Mas, senhoras e senhores, ali estava em jogo outra esfera da honestidade — e Heliseu interrompeu a frase como quem se vê repentinamente vítima de um golpe; ele a vítima, e não ela. Noventa dias depois ele perguntava, nu, depois de segurar no peito a fumaça da *cannabis* durante um minuto completo (logo eu, senhores, que por ter fumado escondido um cigarro na infância, aquele bafo indisfarçável ao faro do meu pai, levei uma pancada, um tapa demolidor que me jogou três metros adiante, deixando um rastro doloroso na mandíbula por semanas): Por que você me procurou? Em resposta, ela avançou sobre ele com seu corpo magro, cobriu-o como se fosse um cobertor estreito e curto e quentinho e semovente e soprou fumaça direto nos seus lábios entreabertos e disse *Meu querido*, esmagando-o com o peso maravilhoso de uma folha, ele lembrou, sentindo agora um frêmito agudo de desejo que chegou ao sexo, um início absurdo de ereção, como a última onda de um eco físico reverberante de um outro tempo. *Você não quer saber por que o meu nome é Therèze, e não Thérèze? Ainda não contei.* E isso subitamente e absurdamente e estupidamente o interessou, sim, me conte, e Heliseu riu com a lembrança, a maconha no cérebro, abraçado na cama à mulher mais bela e inteligente que jamais toquei e ela me engana com um diacrítico, eheh, colegas, este Heliseu que vos fala é um pândego! Como adjetivo, *diacrítico*, aquilo que *separa e que distingue*, é o mesmo que *patognomônico*, ou *sintoma de uma doença. Pathos.* Senhores, as coisas são palavras.

— Mas o senhor aceitaria me orientar?!

Pensando bem, o professor Sollo é apenas um burro com uma sólida teoria pendurada numa vara balouçante a dois metros dele, a cenoura apetitosa para onde ele avança de quatro cheio de entusiasmo, sem jamais alcançar. *Ele vai destruir Therèze.*

— Por favor, me chame de *você*, só para eu ter alguma ilusão de juventude — e eu sorri, e ela também, e uma felicidade divina desceu sobre o meu espírito.

— Você aceitaria?!

Lábios tocando lábios, o aroma da *cannabis* como um vapor, a imensa sensação de liberdade, como nunca antes na vida, o verdadeiro filme *Easy Rider*, com 15 anos de atraso, o primeiro foi só um treino — eu costumava ser uma vítima da sociedade; agora, não mais. Você ainda não disse por que me procurou, sussurrei a ela. Therèze se debruçou sobre mim, como a uma mesa falante, as mãos cruzadas sobre o meu peito nu, a cabeça um pouco para trás, queixo erguido, os olhos me escrutinando fundo (Therèze tinha esse poder, senhores — de subitamente se afastar estando próxima, e os olhos esfriavam, agudos como agulhas, a máquina pensante, como alguém que desaparece substituído num passe de mágica por um sósia idêntico mas sem alma), e ela me surpreendeu mais uma vez, agora sorrindo, de novo ela mesma, desabando sobre mim: pela *liberdade*, e frisou a palavra, voltando a me beijar.

Era a última coisa que eu poderia esperar de mim mesmo: alguma liberdade. *E o judeu, dando graças e louuores a Deos, reçebeo a agoa de sancto baptismo e cõprio todo aquello que prometeo.* E a judia também cumpriu o que prometeu, nos meus braços felizes, convertida ao seu professor. Eu me satisfiz com a palavra maravilhosa, física sobre mim — liberdade —, *marauilhoso milagre que em mi se magnifesta*, e não mais perguntei. De repente senti curiosidade de saber onde ela arranjava aquelas trouxinhas de maconha, mas fui vencido por uma fome e por uma sede invencíveis, a garganta sequíssima, minha hebreia, eu quero *a agoa de sancto baptismo*, disse eu em voz alta e começamos interminavelmente a rir, dizendo um ao outro, *agoa, agoa!*

— Sim, claro que sim! — e temi demonstrar um excesso de entusiasmo diante do sorriso que se abriu no rosto dela.
— É preciso, é claro — mas eu dizia isso sorrindo, para não assustá-la —, delimitar um *corpus* de textos da língua brasileira onde você vai testar a hipótese. Naturalmente você já pensou nisso — uma afirmação quase que fulminante, antes

que uma pergunta — eu não conseguia, senhores, me livrar da sensação de *golpe*, eu estava dando um *golpe*, eu estava *furtando aquela mulher, arrancando-a do seu hábitat, tirando-a de seus legítimos donos e colocando-a desonestamente sob meus cuidados, como se ela* — *ela inteira, incluindo a ideia que ela teve* — *fosse um direito meu*. E para isso eu precisava *mostrar serviço, digamos assim*. Aqui eu posso sorrir para meus colegas, mas isso vai virar uma grande gargalhada no auditório, e Heliseu achou graça da reação, entrando finalmente no chuveiro, a água muito quente na cabeça, *eu precisava mostrar serviço*.

— Pensei em começar com os textos do século XIX, quando o país de fato passou a se urbanizar. — Insegura, Therèze baixou a voz, testando e temendo o provável absurdo do que iria dizer: — O duplo sentido brasileiro nasce na cidade, com a escravidão em toda parte, do banheiro à praça pública e passando pelos... *lençóis* — o que Therèze disse sem sorrir, como uma cientista atenta. — É ali que a fala de todos os envolvidos precisa se esconder e ela vai se contaminando de não-ditos, a ponto de entranhar-se gramaticalmente, ou linguisticamente, na linguagem, tanto de escravos como de não escravos. No Brasil, a ambiguidade é o único sentido seguro da fala. Para isso — e ela olhou diretamente nos meus olhos, a súbita e aguda seriedade que às vezes, como um relâmpago estrangeiro, marcava seu rosto — eu preciso da referência da gramática histórica, preciso comparar diferentes momentos da língua. Lexicais, com certeza, o vocabulário e a flutuação semântica; mas também momentos sintáticos, e com um pouco de sorte *nós podemos conseguir isso*, flagrar alguns torneios da ocultação que entram no sistema linguístico e lá ficam como... — e ela baixou a voz até o quase inaudível, para ocultar a vergonha do atrevimento — ...um gene mutante. E só o senhor — e só *você*, desculpe — e ela sorriu com encantadora timidez — pode me dar essa chave.

Ela quer o Santo Graal da linguística, e *nós podemos conseguir isso* — aquilo picou minha alma; o que poderia ser uma inaceitável arrogância de uma pretensiosa candidata a doutoranda (e, queridos colegas, ela era exatamente tudo isso, arrogante e pretensiosa) como que diluía-se por encanto numa outra esfera de convivência, com hierarquias destroçadas, assim *tête à tête*. Fez-se um silêncio demorado: um jogo de xadrez, senhores, inteiro de não-ditos. Culturalmente, nem preciso dizer isso aos colegas, não quero ensinar o padre a rezar missa, há uma imensa bibliografia a respeito da mestiçagem física e mental brasileira (bibliografia que, aliás, Therèze já conhecia inteira, de trás para diante, o que em breve eu iria descobrir); porém, gramaticalmente, como em qualquer língua, temos apenas uma *estrutura* que se mantém incólume, um sistema aparentemente inalterado por mãos humanas, ou alterado tão lenta e sutilmente que está além do nosso humano alcance compreender. Tergiversei:

— Você pensou na *ironia*?

A resposta instantânea, índice de sua dureza; toda concessão de Therèze era periférica — o núcleo ela preservava.

— Não é o caso da minha tese. Pensei, mas descartei. A ironia é um traço cultural universal; ou, melhor dizendo, é quase uma criação iluminista, que brotou na sociedade de corte (estudei isso na *maîtrise* — desculpou-se ela da pequena ostentação acadêmica, baixando timidamente a voz, a concessão *periférica*); é uma espécie de *comentário interno*, é assim que se diz? Uma coisa de salão. A ironia é chapada e direta, uma espécie de negativo semântico. Vire o outro lado e tudo se revela. Já o não-dito brasileiro nunca é irônico. Ele é uma válvula de escape permanente, multifuncional; flutua à parte, porque o falante também precisa dele para, de alguma forma, entender-se. — Ela fez uma pausa, que se prolongou. E enfim: — *O senhor não acha?*

E nós ríamos, chapados na cama: você disse que a ironia é *chapada*. E rimos mais ainda. Chapadinhos. *Cannabis sativa.*

— Eu preciso de liberdade — Mônica *declarou* quando eu cheguei em casa, ainda sob os efeitos do primeiro encontro com Therèze, aqueles socos mentais de sua presença reverberando na minha alma: *Eu acho que em uma semana posso organizar um roteiro de estudo e apresentar ao senhor. Você. Você. Desculpe. O senhor prefere que eu telefone? A minha filha tem exigências terríveis de horários. Ou de tudo. O senhor, você, tem filhos? É incrível como a vida da gente muda com um filho. Eu estou tão feliz por você ter aceitado. Eu vi que ainda estou no prazo para a inscrição. Sim sim — há os créditos a fazer, e a próxima etapa é a qualificação.*

— Claro, Mônica. Liberdade.

Eu estava com dificuldade de concentração, de ir adiante no tempo, a memória de Therèze embaralhando-me: o modo estranho da nossa despedida, quase como quem voltasse à estaca zero. Eu preciso me livrar daquela filha, cheguei a pensar, como um general na batalha, limpando o terreno. Mulheres com filhos são perigosas, uma vez meu pai disse à mesa, e olhou enigmático para mim, carimbando mais uma das minhas inesquecíveis lembranças familiares. Therèze na cabeça, sentei à mesa, onde a mesmíssima dona

Diva, como se fosse hoje, indiferente à renúncia do Papa, depositou em silêncio uma panela de frango ensopado.

— Onde está o Dudu? — lembrei de perguntar, automático. Dona Diva parou a meio caminho para a cozinha, como se a pergunta fosse para ela e não para a minha mulher, mas Mônica, decidida diante de mim, como alguém que tem coisas importantes a falar, tais como *eu preciso de liberdade*, explicou:

— Foi passear com a sobrinha da Úrsula, coleguinha dele. A Úrsula pegou eles na escola. A Úrsula é ótima. Sabia que ela foi na passeata das Diretas?

Aquilo me irritou, lembrando Veris no cafezinho. Fui ríspido:

— Não vai dar em nada. Na melhor das hipóteses, se acontecer um milagre, o Tancredo se elege no Congresso.

Senti o aroma de frango ao abrir a panela, o que espicaçou a minha fome, até ali ausente. A visão do amor, senhores, atiça todos os sentidos: ficamos inteiros de sobreaviso. Eu temi que a despedida de Therèze, engolida súbita no corredor escuro do departamento, nos *esfriasse*, e fiquei repassando aquele instante, a tampa da panela na mão: *Eu telefono*, ela disse, ou *garantiu*, e eu senti um medo paralisante, que me impediu de lhe estender a mão. Mas, um segundo depois de evaporar-se no esquadro da porta, ela voltou o rosto, a mão no batente, uma bonequinha de mola feliz com a ideia: *Melhor que isso, professor: prefiro lhe oferecer um café lá em casa. É perto daqui. Assim que eu...*

— Você falou em liberdade?!

E coloquei de novo a tampa na panela. Mônica me olhou direto nos olhos, tentando me ler.

— Você está estranho.

— Como assim?

— Quando eu falei das aulas de inglês hoje de manhã, você... não sei. Você nem cumprimentou aquele menino que vai fazer o curso comigo. Parecia um louco. Quer que eu sirva o arroz?

Alguma coisa que o Veris disse ao café, que me irritou profundamente, mais a imagem invasiva da minha mulher sorrindo no corredor com seu amiguinho e suas aulas de inglês, e ainda a curta histeria do meu ciúme estúpido minutos antes de entrar no anfiteatro e recitar *as palavras são moedas, só valem as correntes*. Pensei em dizer, o olhar fixo na panela de frango: *eu estava atrasado*. *Só isso*. Mas não disse: talvez seja o momento de romper. Aqui e agora. De uma vez. Cada um para um lado. Ufa. *Liberdade*. Eu poderia confessar: *Eu detesto quando você vai à universidade. Lá é o meu território. Nunca fui aporrinhar você no Banco do Brasil. Cada um no seu país.*

— Quero comprar um videocassete.

E ela me serviu arroz sem esperar minha resposta. *Em casa podemos conversar mais demoradamente sobre o projeto* (ou eu ouvi *nosso* projeto?), foi isso que ela disse para justificar o oferecimento do café, diante do meu silêncio intrigado. *Não sei como agradecer. Acho que fui um pouco confusa, não?* Será uma espécie de *golpe*?

— Vídeo o quê?

— Videocassete. Esse aparelho de ver filmes em casa. Não é tão caro. Todo mundo já tem. Tem até consórcio para comprar. Abriu um videoclube aqui na esquina, você não viu? A gente paga por mês e pega as fitas que quiser. Ou paga por filme. Tem vários sistemas de aluguel. Andei me informando.

Talvez eu leve um vinho, eu pensei — e, sim, naquele primeiro encontro levei uma garrafa de vinho importado, senhores, e Heliseu fechou os olhos, sentindo um prazer tranquilo com a água quente correndo pelo corpo. Inesperadamente, Mônica estendeu o braço através da mesa e tocou minha mão, num misto de afeto e advertência:

— E eu quero também outra TV, de 20 polegadas. Essa aí está uma bosta.

Sempre detestei televisão. Até hoje, tenho apenas a TV de 20 polegadas que a Mônica comprou naquele mesmo ano com o dinheiro dela, que naqueles tempos de inflação maluca era bem mais do que o meu. É esse trambolho hoje empoeirado ali na sala. Ou essa velha *bosta*. Ninguém sabia dizer *bosta* com o prazer, a intensidade, a volúpia, a clareza com que Mônica desabafava: *Isso é uma bosta!* Era o seu único palavrão — um diamante nos seus lábios. A primeira notícia que ouvimos ao testar a nova TV foi a morte de Andropov, ou de Chernenko, um deles, aqueles russos desfilando tristes e orgulhosos na Praça Vermelha. A Úrsula disse: que imagem maravilhosa!, e apertou as mãos sobre o peito, inebriada, como se rezasse. O Inspetor Maigret estendeu a mão para a velha televisão, encaixada no móvel, como que para desviar a minha atenção, num gesto incompreensível: *O senhor estava aqui?* No sofá em frente, eu disse. E então começamos a conversar, eu e Mônica, expliquei a ele. E fomos até a mesa. *Uma discussão?* Sim, acho que sim. Mas uma discussão normal. Uma conversa mais ríspida. Um acerto melancólico de contas, eu poderia ter acrescentado, mas seria um tanto poético demais para o momento. *E em seguida ela foi para a varanda?* Pensei um pouco. Eu não queria enganar o Inspetor Maigret. *Não.*

Antes ela se sentou à mesa, senhores, bem diante de onde hoje tomei meu café tranquilo. E ali continuamos a nos estapear verbalmente. Fiquei curioso para saber o que ele anotava no bloquinho com seus garranchos, um policial jornalista. Ele estava com pressa. Logo deve ter percebido que o doutor Heliseu não é um cidadão do tipo homicida.

— Ver filmes é bom para aprender inglês. A Úrsula vai fazer o curso comigo.

Inspetor, colegas, senhores: na verdade não tínhamos mais nenhuma vida em comum, e a palavra *liberdade*, que minha mulher propôs, colocou-nos em outro patamar da existência, que parecia tranquilo. Quem sabe um casamento *moderno*, como a própria Úrsula disse uma vez, depois de fechar uma revista, comentando não sei o quê — eles vivem um casamento *moderno*, ela disse, uma mistura de pura informação com uma discreta admiração, e a expressão ficou na minha cabeça, vazia, voltando agora de lugar nenhum, diante do frango, de Mônica, da liberdade, e eu me refugiei brevemente na expressão, *alguma coisa sem risco de transformar coisa alguma, quem sabe?* Heliseu começou enfim a se ensaboar, esfregando-se com vigor — como se fizesse automassagem, o que é sempre bom para a saúde da circulação, lembrou-se ele, a voz de algum médico perdido no passado, e não quis pensar na flacidez de seus músculos, o desastre progressivo da idade.

— O que você acha?

Ele provou o frango, pensando longe, e custou a voltar à mulher diante dele. Foi a última vez que sentiu alguma *deferência* da mulher. A proposta de liberdade havia sido *belicosa*; como ele não reagiu, a voz ganhava agora um tom quase de *admiração*, um "o que está acontecendo com ele?".

E antes que ele respondesse, ela acrescentou, baixando as cartas na mesa de uma vez, o imbatível *royal straight flush*:

— Vamos passar uma semana em Nova York nas férias de julho.

Ele ergueu os olhos, interrogativo: a última coisa que desejava nesse momento era uma viagem, mas o medo se dissolveu em seguida:

— Eu e Úrsula — esclareceu Mônica, quase acrescentando um *é claro!*, e sustentou o olhar.

Não foi uma afirmação tranquila; ele sentiu um certo *vibrato* na voz, seguido de uma explicação apaziguadora; percebeu nos lábios dela o esboço de um sorriso de paz, o sol caprichosamente tapado com a peneira:

— Vamos pôr em prática o inglês.

Fiz um sim mecânico com a cabeça, pensando num átimo fugaz com quem ficaria Dudu, mas no mesmo instante concentrei-me inteiro no café de Therèze: sim, vou levar um vinho, um bom vinho — nada mais que um gesto de cortesia que ninguém teria a coragem de interpretar mal.

Eu poderia ter uma longa conversa com o meu filho sobre o amor. Talvez com a presença de Andrew, a quem eu estenderia a mão com um visível calor humano. *Andrew! What a wonderful surprise! How are you?* E, quando ele retribuísse o interesse, eu diria: *I'm fine, thanks.* Não; menos coloquial, naquele primeiro momento: *I'm well, thank you.* De qualquer forma, vou sofrer — minha segunda língua será sempre o francês. Os dias de Paris com Therèze, inesgotavelmente felizes na memória. Especialmente Therèze: ela amava Paris. Deve estar sofrendo em Lyon, aquela assepsia gelada, com suas três filhas, ponto final de uma vida aventurosa. Como penitência pelo mau pensamento, exagerou no xampu e esfregou vigorosamente o couro cabeludo, a seco, fora do jato de água, que agora rolava por suas costas — e a espuma desproporcional do xampu nos cabelos ralos lembrou-o da mãe estendendo a mão para ele depois da queda, o *shsh...* tranquilizador, e ele sentiu o fio de espuma nos olhos e enxaguou a cabeça inteira para evitar a irritação e a dor — preciso de concentração, organizar a minha fala, não se perca, Heliseu: uma coisa de cada vez. Não se angustie: é uma simples homenagem. Você terá todos os direitos, tudo será relevado e eles baterão palmas ao final, talvez em pé, gritando *bravo!* Mas, como que afundado súbito numa trapaça, o alçapão se abrindo sob os pés, a corda no pescoço, viu-se novamente esbarrando com Sollo no corredor, num agitado intervalo de aulas — quanto tempo depois da cena do gabinete? —, e o jovem e promissor linguista voltou-se, tocando seu ombro com — *com deferência?*

— Professor Heliseu! Aquele menina, a francesa, ela falou com o senhor?

— Ah, sim! — e eu sorri, superior. — Obrigado!

E me afastei rápido, para não ouvir o resto, *estou com pressa*, acrescentei e senti a azia me comendo o esôfago. Então ela procurou-o antes? O que estavam dizendo de mim? *Cama e gabinete*, eu ouvi, mas isso foi meses depois, e ele tentou achar alguma referência histórica, aqueles eixos da Mônica mnemônica, que lhe dessem a dimensão do tempo, a morte de Andreazza, não não não, isso foi bem depois, a compra do forno elétrico que veio com defeito e ele teve de carregar aquela merda no ombro até a loja, com vontade de arremessar o forno na cabeça do filho da puta do gerente, *se o senhor colocou numa tomada de 220 volts a responsabilidade não é nossa*, Eu falei que aquele eletricista é uma bosta, disse-lhe Mônica; e Dudu quebrou o braço no futebol da escola. *Meu queridinho*, ele ouviu Mônica dizer ao filho, *dói muito? Deixe a mãezinha cuidar de você.* Que idade ele tinha? Em que momento ele escolheu sua *orientação*, como se diria hoje? Heliseu enfim abriu os olhos injetados pela agressão da espuma e deixou a água correr — a dor passava. Eu não posso chegar em casa com este cheiro, ele disse à Therèze mil vezes; e mil vezes ela respondeu: Tem razão. Tome um banho. Um pacto definitivamente selado: sexo e banho. Nunca tive coragem de perguntar a ela se é verdade mesmo que franceses não tomam banho e por isso se transformaram nos maiores perfumistas do mundo, houve até um best seller sobre isso — a vantagem de Therèze seria o toque índio brasileiro, que ela pegou por osmose, e Heliseu achou graça da tese que não teve coragem de verbalizar e sentiu a breve emoção da lembrança, a sugestão materna daquela menina de 27 anos, *tome um banho.*

O seu coração de 42 anos disparou — uma bomba-relógio, ele contrapôs, defensivo, mas voltou a mergulhar na graça dos fragmentos de memória: sinto-me um adolescente, ele disse uma vez à Therèze. E ela perguntou, aproximando a cabeça, como que diante de um besouro não catalogado: E isso é bom? Não seria melhor você ficar adulto?, e riu, pirracenta, dando-lhe um beliscão na barriga. Coração disparado, apertou a campainha: terá sido mesmo conveniente esta garrafa de vinho? Não seria melhor um buquê de flores? Ou, simplesmente, nada — apenas a minha presença. Ou, muito mais adequado ainda, a exigência de que ela fosse à montanha, e não a montanha a ela. Uma nova reunião no gabinete, com a porta aberta. Um gesto academicamente correto. Quando Therèze abriu a porta, ele calou-se, inundado de timidez: eis o ponto de não retorno. A traição é um estado mental — é ali que ela deve ser combatida, uma atividade moral preventiva, ele poderia dizer; eu entregaria o vinho e voltaria atrás e minha vida seria outra.

Senhores, sou fascinado pelo cassino das pequenas escolhas — a vida se oculta nelas. Na viagem ao Rio, em 1980 — Congresso de Língua Portuguesa, na UFRJ —, levou orgulhosamente a mulher, com o sentimento secreto, e indulgente, de quem faz uma boa ação. Do hotel, enxergavam a curva suave do Pão de Açúcar. *Que tal?*, ele provocava.

É bonitinho, ela respondia, sem ironia nem ênfase — ele pensa que eu sou uma caipira, talvez ela matutasse; *e na verdade tenho mais* pedigree *ibérico do que esse colono letrado*, ela poderia acrescentar, com justiça. Eram manhãs maravilhosas — *lembra, Mônica?*, anos depois ele perguntou, um rasgo de humor sentimental num café da manhã travado —, e as tardes ele passava no Congresso lá longe, uma viagem diária. Bruna tinha um ar de *bruma*, e foi Mônica quem lhe deu o apelido, quando enfim se conheceram num jantar comemorativo em Ipanema, *ela parece que flutua*, definiu sua mulher num raríssimo toque poético, mas voltando ao chão em seguida, *aquele narizinho cheirando merda*; num final de tarde Bruna o havia *arrastado* — ele usaria essa palavra, *arrastado*, se algum dia fosse colocado contra a parede, obrigado a confessar — para um motel, o que representou uma espécie de renascimento físico e mental, *o gesto gratuito*, ele chegou a dizer à Bruna, como quem faz filosofia, e não sexo. A ideia de filosofia faz algum sentido — *Erich Fromm morreu*, ela disse, e ele perguntou, distraído, *Quem?* Ela falava pouco, a *bruminha*, e aproveitou-se da *minha fraqueza* o quanto pôde, senhores. Uma sensação juvenil de *vita nuova*, mas concreta — minha Beatriz caiu do Céu e tornou-se inteira Terra. Senhores, *eu estava muy ledo e muy gracioso com aquellas duas rreynhas, em muy grande folgança*. Voltei ao hotel tarde da noite para os braços de Mônica, e, antes mesmo que desfiasse as explicações quase indiferentes — *o pessoal saiu pra jantar lá no Fundão mesmo, uma churrascaria, aquela chateação* —, corri ao banheiro para vomitar. O vômito é minha resposta moral, senhores, a força escatológica da alma expulsando demônios, eu vomitei quando Mônica morreu, o que não contei ao inspetor; um vômito que era um avesso de mim mesmo querendo dizer alguma coisa, e Heliseu fechou os olhos deixando a água correr, o rasgo da azia novamente no esôfago, o sopro da palidez gelada no rosto. Ajoelhado diante do vaso, a baba horrenda caindo dos lábios, senti as mãos de Mônica, consoladoras nos meus cabelos, *alguma coisa te fez mal, beba uma aguinha*, e eu temi que ela sentisse não o vômito mas o cheiro alheio do meu corpo.

Therèze abriu a porta e sorriu imediatamente, uma felicidade explosiva por me ver, o que também me fez sorrir, e entremeava-se uma aflição bem-humorada no seu rosto, o modo alegre como ela pegou, ou *arrancou*, a garrafa de vinho da minha mão, *Obrigada!*, sem sequer olhar o rótulo e já quase correndo, a mão me puxando num gesto íntimo e infantil ao mesmo tempo, *A minha filha*, ela disse, e ouvi o choro explodindo, a diarista balançando a criança no colo, uma diarista que olhava atenta para mim com um sorriso duplo no rosto, enquanto Therèze largava a garrafa na mesa cheia de livros e papéis e objetos de bebê e pegava a criança para me mostrar, *Não é lindinha?* — e o pequeno ser parou imediatamente de chorar, como se intrigada pela minha presença.

— Sim, linda menina! — forcei um sorriso que saiu amarelo e quase disse um *parabéns*, mas desconfiei que seria inadequado naquele instante; de qualquer forma, as duas, ou três, Therèze, a filha e a moça, foram sem explicação lá para dentro por um corredor, *você leva ela pra passear*, ouvi sua voz aflita e me voltei à mesa, numa espera incômoda — eu não gostei daquilo, aquele atropelo, as outras pessoas envolvidas, o olhar da diarista ou babá, o secreto ar de cumplicidade e transgressão — *como você é maluco, Heliseu!*, e ela ria quando eu relembrava a cena — e, para onde quer que eu olhasse, havia algo a mais e fora de lugar, um cheiro de *outra casa*, quão rarissimamente eu ia à casa dos outros; à espera, concentrei os olhos na mesa de doutoranda que atravancava a saleta e, ao lado de uma revista — *A explosão das Diretas Já* —, vi um exemplar antigo e desbeiçado da *Crestomatia arcaica*, com um marcador de página onde se lia *Epígrafe??*, alguém que começa pelo fim, vou dizer a ela *primeiro escreva a tese e depois pense na epígrafe*, e abri o volume com o capítulo sublinhado a lápis, *Da maneira para bem tornar algua leytura em nossa lyngoagem* — eu gostei de ela usar lápis e não caneta, alguém que respeita o texto impresso que lê. *Primeiro: conhecer bem a sentença do que á de tornar e poel-la enteiramente, nom mudando, acrecentando nem minguando algũa cousa do que está scrito: o segundo que nom ponha pallavras latinadas, nem d'outra lynguagem, mas todo seja em nossa lynguagem scrito, mais achegadamente ao geeral boo custume de nosso falar que se poder fazer.* Pulei um trecho e lá adiante havia outra sequência sublinhada, esta mais forte, o lápis passado duas vezes, cuidadosamente: *que nom ponha pallavras que, segundo o nosso custume de fallar, sejam avydas por desonestas.* O ponto de partida do não-dito tornado linguagem, suspeitei, com uma animação adolescente, parece um jogo, e a última coisa que me ocorreu de fato era a substância acadêmica do projeto, aparentemente próxima de zero, conclusão que me batia sempre que eu forçava a cabeça para pensar com objetividade, tentando apalpar o território cinza em que o sistema da língua se encontra com seu uso real. Mas, ora bolas! — um pouco de poesia para a nossa aridez, senhores! A viagem ao Santo Graal deve começar de alguma parte!

Fechei subitamente o livro, alguém pego em flagrante bisbilhotando a aluna, ao vê-las de volta, a menina — *Bernadette* o nome dela, meu pai adora a Bernadette Lafont, foi uma homenagem a ele! — agora num carrinho levado pela *Tereza* (lembrei o nome, lembrando a cena), *minha xará brasileira!*, que sorriu lindamente para mim, orgulhosa ao carrinho, como se a filha fosse dela.

— Leve ao parquinho! Cuidado ao atravessar a rua! — disse ainda Therèze antes de fechar a porta, o que fez assim que sumiram no elevador. Virou-se para mim com um suspiro alegre que parecia dizer *enfim sós, professor!*, e disparou de volta para dentro, *eu já volto, fique à vontade, desculpe a bagunça, eu vou colocar a água para o café, atrasou tudo*, e resisti à ideia de me sentir desconfortável com aquela... *falta de atenção*, eu poderia dizer, ou um certo excesso de *informalidade*, ainda que o simples fato de eu ter aceitado o convite para o lanche parecia abrir aquela *caixa de Pandora*, e bordejei em torno da mesa desviando os pés de um chocalho e de um casaquinho de bebê, olhei ligeiramente pela janela — prédios — e para um balcão apertado onde jaziam cinco mil pequenos objetos, de moedas a mamadeira, e um porta-retratos com um senhor em meio perfil, sorridente, de cabelos grisalhos e expressão *estrangeira*, quase um nórdico de nariz adunco e queixo afilado, um típico *francês*, concluí, como se eu estivesse previamente sugestionado, senhores — ao fundo o que pareciam mastros de barcos balouçantes num mar e céu azuis. — *É o meu pai*, disse ela voltando e mais uma vez me fazendo largar a fotografia em flagrante delito, menos pelo flagrante e mais por entender apenas *é o pai*, o que pelo alegre tom de voz me descartaria do... *sonho*, senhores, eu estava inebriado de *fantasia*, mas aquela criança, aquele pai, melhor eu sair dali com alguma desculpa enquanto era tempo, até que Therèze, em outro suspiro bufante e sorridente, afastou cadeiras e sentou-se à mesa, fazendo um gesto para que eu me acomodasse diante dela — assim que larguei o porta-retratos, ela confessou:

— Adoro meu pai.

O que me içou de novo à fantasia, agora obnubilada pela sombra do meu filho: ele jamais dirá isso de mim — isso eu ainda não sabia, apenas suspeitava, e a alma leve de Therèze, flutuando à minha frente, parecia um território tão completamente inacessível às minhas mãos e ao meu desejo que eu me sentei quase tranquilo diante dela, apenas a doutoranda que daria algum brilho e sabor a esta velha docência. Naquele momento, fui inocente, senhores. Alguém que desiste.

Não uma vítima, eu poderia ter dito, anos depois, ao Inspetor Maigret — apenas inocente.

— Está com saudades da francesa, Heli? — e Mônica arrebitou sua bunda com aquele gesto vulgar, a mão na cintura torta, a ironia mal encaixada na alma, ela inteira mal desenhada; Mônica tinha essa qualidade, a incapacidade de manobrar duplos sentidos somada ao desejo eventual de fazê-lo, o que resultava num simulacro desagradável, nada pode ser mais rascantemente desagradável aos olhos e aos ouvidos do que uma pessoa inteira em falsete, queremos correr dali o quanto antes; a seu modo, é verdade, ela foi uma pessoa sincera que nos últimos anos deixava escapar o ressentimento venenoso em sopros agudos, com os quais eu, igualmente pecador, já me acostumara, mas, por alguma razão, inspetor, o seu gesto, naquele momento, como que desencadeou uma sequência de ligações elétricas da alma, se o senhor me entende, o momento em que a máquina do corpo perde o comando, dá *tilt*, eheh, que coisa antiga falar assim, o instante em que a depressão já integrada ao dia a dia, aquele silêncio tranquilo de gestos previsíveis, o cronograma das horas e das atividades, tudo que se encaixa e vai nos levando sem dor, a aceitação pacificada da rotina e da convivência mecânica, as engrenagens miúdas e grandes que vão nos moendo, a inconsciência nítida de um passo depois do outro, o hábil jogo de lembranças e de esquecimentos, as omissões na hora certa, as recordações exatas, o sentimento lapidado pelos anos, já sem suas lascas cortantes, o recolhimento ao bom silêncio — pois chega um instante em que cai um grão de areia nas rodas mentais, um encontro desacertado de dentes girando em falso, e nos vemos perdidos, de volta ao acaso da realidade, e sentimos que a máquina vai destrambelhar, rodas soltas, molas estouradas. O inspetor certamente olharia para mim, perplexo — o que ele precisa é de um simples fato, não de uma filosofia. Guarde para o senhor suas altas teorias, ele poderia dizer com um gesto de enfado, o que daria alguma graça ao diálogo. Estou apenas interessado no pão-pão, queijo-queijo, ele também poderia dizer, como o meu filho, apaixonado pelos Estados Unidos. Recapitulando: o senhor estava aqui, e dona Mônica ali — e dona Diva, imóvel como uma estátua da Ilha de Páscoa, observava.

Por que, tantos anos depois, minha mulher resolveu me provocar, relembrando Therèze? Algum grão de areia entrou nas engrenagens dela — durante um bom tempo, senhores, vivemos uma espécie tácita e bem-comportada, apenas uma ideia excitante, de... como se dizia mesmo? *Casamento aberto.* O célebre livro do casal O'Neill — milhões de cópias vendidas, uma febre de liberdade conjugal, a liberdade chegou! — ficava displicente à mesinha da sala. Presente da amiga Úrsula, que também implantou o cheiro de cigarro em casa, ao qual Mônica aderiu, divertindo-se com os sopros de fumaça para o alto, esculturas fluidas. Úrsula era capaz de fazer aros sensacionais, às vezes três em seguida: *Lembra do gato gordo de Alice, que soprava letras? Ó Heliseu, você devia soprar letras!* As meninas também brincam. Às vezes eu folheava o livro, esperando o almoço. *Que tal, Mônica? É interessante?* E uma noite ela me disse, depois que fizemos um amor cuidadoso e sem paixão, medindo gestos, no esforço de levar aquilo até o fim, uma consciência nítida e pesada de cada trecho do corpo suado intrometendo-se entre as almas, e ela disse suspirante, quando enfim desabei sem ar: *É a queda do casamento intervocálico!* Rimos com algum sabor daquela piadinha sem graça, ou cada um sorriu a seu modo, viajando ao passado e pensando. O que ela queria dizer com isso? Logo em seguida, lembro agora, ela disse: O Dudu vai fazer 3 anos no dia da visita do Papa polonês! — mais um eixo mnemônico da incansável Mônica. Vou levar ele para a bênção, vai dar sorte!

Heliseu fechou a torneira com força e imobilizou-se de olhos fechados debaixo dos últimos pingos, que continuavam a cair por um longo tempo — preciso chamar o encanador, trocar a borrachinha, dizia Mônica. Como é difícil passar de um momento a outro da vida, ele sussurrou, e refugiou-se nesta pequena banalidade como se ela ocultasse algum segredo. Ao reabrir os olhos sentiu o conforto do vapor ainda quente, que dava ao banheiro uma densa neblina. A liberdade está à solta, disse-lhe Therèze, mas ninguém sabe ainda o que fazer com ela — meu pai costuma dizer isso, ela completou. Em algum momento o pai dela sempre intrometia-se na nossa conversa. Ninguém pode deixar de ser judeu; seria como o Ocidente renunciar a si mesmo, meu pai me disse uma vez (ele estava um pouco bêbado e tinha discutido a tarde inteira com um velho amigo gói, mais bêbado do que ele), e eu contestei: Pai, o que você está dizendo é uma coisa boba. Eu quero ser o que eu quiser ser. E ele deu um sorrisinho com um jeito de "pobre menina, não sabe o que diz". Ninguém simplesmente pode ser o que quer ser; isso é uma fantasia moderna que nos contaminou a todos. Bem, ele não falou assim; eu é que mais tarde li alguma coisa que me fez entender o que ele queria mesmo dizer.

O que é engraçado, Heliseu: ele é o judeu menos judeu que eu conheço. Meu pai escapou por milagre do nazismo e acho que durante um tempo cultivou a ideia de que poderia seguir vivendo como se aquilo não tivesse acontecido, ou, mais intensamente ainda, como se ele *não devesse nada* por isso. Aquelas coisas que carregamos nos ombros e que queremos largar pelo caminho. Eu até meio que larguei. Você não entende, Heliseu. Não pode entender isso. Você é católico, não? Eles riram. Quer dizer, no Brasil, a terra do não-dito, por estratégia ninguém é coisa alguma, exatamente — tenho de defender a minha tese, e ela deu uma risada alta; meninos em torno voltaram os olhos a ela, faceiros, e me tocou um fio de ciúme. Um diamante nas minhas mãos. Os dois tomavam um café na cantina da universidade, numa das poucas vezes em que foram de fato vistos em público, ainda que pudicamente — o mestre e sua discípula. A tese estava nos primeiros passos, o extenso levantamento do *corpus*, e ela trabalhava feito *um mouro*, brincava ele, diante das cópias xerox de textos do século XIX, não apenas os literários, Heliseu — as atas do Parlamento e as notícias e os artigos de jornal são igualmente, ou até mais, importantes, você não acha? A minha mãe? Meu pai chamava ela de *Manon Lescaut*, um tanto por graça, outro tanto por vingança. Quando eu li o livro — sim, já no Brasil, cheguei aqui criança —, fiquei chocada, e não falei com meu pai durante meses. Escrevi no meu diário, com letra redondinha: *quero morrer*. O pior ainda viria: *Maman et la putain*, o filme de Jean Eustache, foi outra referência de meu pai, essa tardia, há dois ou três anos, como um ressentimento residual. Acho que mais pelo título, *pour épater le bourgeois*, que pelo filme. A velhice vai secando as pessoas, você não acha?

Nem meu pai escapou. Mas é engraçado: nada disso pesou: a vida inteira parece que éramos personagens de um filme, eu e ele. O Brasil fazia parte do filme, quando desembarcamos aqui. Não conheci minha mãe. Mas você quer mesmo ouvir toda essa história? Vou pular para o final, que é feliz: Não posso me queixar, meu pai me disse no ano passado, me abraçando forte, ao voltar para a França: *Sua mãe levou minha alma mas me deu você em troca. Eu saí ganhando. Shalom.* Ele deixou uma sombra de culpa comigo, como num negócio escuso, mas mesmo assim não é bonitinha a minha história, Heliseu? Meu pai foi — é — uma pessoa salva pelo humor. Herdei esse jeito dele. E Therèze encostou insegura os lábios no copo de plástico, há tempos na sua mão, com uma careta: Meu café esfriou. Você quer saber o que ele fazia? Ele era engenheiro! Uma profissão improvável para um judeu clássico, não? — e ela calou-se, pensando talvez se deveria me contar. Na verdade, um técnico, um mecânico. Não sei como ele conseguiu ou validou o diploma. A guerra criou biografias nebulosas em toda parte. Mas eu sei que ele era bom no que fazia. Ele tinha alguns contatos nos Estados Unidos e veio para o Brasil trabalhar nas montadoras que o Juscelino abriu. O Brasil sempre foi um refinado sonho francês, um *croissant* utópico.

Heliseu estendeu o braço para a toalha e cobriu a cabeça, começando a se enxugar. Controlou a breve ansiedade deste instante vazio — mais um pouco teria de enfrentar seus colegas, e ainda não sabia o que dizer, afundado *no sentido da minha vida*, que coisa ridícula —, controlou-a fixando-se no frescor da lembrança, a nitidez do gesto, *meu café esfriou*, ela disse, voltando a colocar o copo na mesinha, já pensando em outra coisa, talvez um tantinho aflita por ter falado tanto de si mesma, e era como se a paixão mútua nascesse verdadeiramente naquele momento público, na entrega de uma curta e funda confissão a alguém em quem se confia, o pai que perdeu a alma mas ganhou uma filha. A minha tia, irmã dele, *Tante Belle*, cuidou de mim nos primeiros anos, em Paris. Parece coisa de livro: ela havia perdido um filho na guerra por um daqueles azares metafísicos de um trem que se atrasa, e me ganhou em seguida. Era professora de quatro línguas, e foi senhora de três maridos consecutivos, uma pessoa maravilhosa — tudo que eu sei aprendi com ela nos meus primeiros oito curtos anos até que meu pai me pegou pela mão e atravessou o oceano. *Voilà!*

A clareza luminosa da lembrança: o fio de ciúme desapareceu completamente e ele viveu naquele instante um prazer da companhia em que ele era ao mesmo tempo aquele que vê e aquele que é visto, alguém integrado na paisagem, senhores — é difícil explicar. Uma linha não tão imaginária ligando os olhos às mãos e à memória imediata e ao desejo — e ainda não havia acontecido nada, apenas um entusiasmo mútuo pelo vulto escorregadio das ideias, aquilo prometia muito, dia a dia ele esquecendo os empecilhos, a filha chorona a estorvar os encontros, o olhar da diarista, o pequeno caos da saleta, o peso da Mônica silenciosa em casa, a momentânea falta de rumo, o filho esquecido, a sutil desmontagem hierárquica daquela convivência acadêmica, ambos quase de papéis emocionalmente invertidos, uma firme aproximação de sombras e nuances e sobretons dando uma crescente nitidez aos gestos em pinceladas finas. *Voilà!* E enfim ela abriu o vinho. Digo, literalmente, senhores — e Heliseu cobriu o rosto com a toalha felpuda, partilhando o sorriso com a memória: Therèze gostaria deste duplo sentido. *E a clarydade era aly muy grande e o odor que aly auya passaua toda a outra gloria.*

O engraçado, senhores, é que meu hábitat nunca foi o instante presente — engraçado ou trágico; nunca estive *aqui e agora*, por assim dizer. Eu permanecia firme no limbo da prospecção do tempo — eheh, uma imagem curiosa, e Heliseu continuou esfregando os cabelos, como que para tirar aquilo da cabeça. A prospecção do tempo — o tempo é matéria que se divide e se organiza, manipulado a uma distância segura, e não algo que se habita de olhos fechados, o clichê do vento que passa e nos deixamos ir como anjos. Estávamos com os papéis invertidos, talvez — a brasileira era ela; o iluminista, eu. Num momento vazio, percorreu os olhos no azulejo, atrás da rachadura fina de momentos antes, e não a encontrou mais — passou a mão na umidade da parede e sentiu a frieza. Colocou o pé magro sobre o velho bidê, um objeto antigo, Mônica sempre reclamava, *vamos trocar essa louça velha, parece coisa de asilo*, e dobrado sobre si mesmo como um pensador de miudezas pôs-se a enxugar os dedos, atento às reentrâncias, sentindo as pequenas calosidades; pequenas faíscas de dor subiam como elásticos esticados por tendões e nervos e músculos até a bacia e ele testou ligeiramente os limites do alongamento, a cada dia mais curto, *eu estou inteiro aqui dentro*, ele disse, pensando no corpo como num recipiente da alma, à maneira medieval, o corpo está me prendendo. Segurou o tornozelo e apertou-o firme — não, a mão não se fechava inteira, você não seria um bom escravo, uma vez Therèze lhe disse investigando minuciosamente o seu *antepé*, e ela riu com a palavra, você tem a canela grossa, sinal de pouca resistência, má circulação, saúde frágil, tudo que os curandeiros diziam segundo a lenda; já eu — e ela algemava a canela com os próprios dedos, dobrando-se ágil e nua sobre a cama como um sagui —, eu seria vendida por um alto preço, *escrrava* de primeira qualidade, canela fina. E eu pedia: diga de novo, *escrrava*, eu sou apaixonado por teus encontros consonantais. E ela respondia: *agorra* eu não digo, e desta vez ela forçava a *prronúncia* de propósito. Eheh. Mas para o Inspetor Maigret — alguma vez aquele delegado impaciente, que mal ouvia o que eu dizia, ansioso por encerrar o caso, teria lido Simenon? Ele poderia sair daquela carapaça tristemente real, anotando garranchos de um provável acidente, e se transformar num duplo, *cultivar um personagem*, alguém que se oculta para melhor atacar — mas não, no chão em que ele se movia, um tornozelo é um tornozelo é um tornozelo. Jamais uma canela escrava. Eu tive de contar a mesma história a tantas pessoas, sim, ela estava aguando plantas com um pequeno regador de ferro que caiu, bateu na minha cabeça e voou, os rosários, ou *Senecio rowleyanus*, e cada vez parece que os detalhes eram um pouco diferentes, embora uma e única coisa houvesse de fato acontecido de forma irrecorrível: a morte de Mônica. O que é engraçado — e Heliseu parou de se esfregar com a toalha e olhou para o teto onde o vapor se dissolvia, como quem descobre um fio retórico a explorar, a memória retardatária que se recolhe fundo como um mar que recua e se encolhe lentamente antes do desastre das águas que retornam tempos depois, em ondas gigantescas, para nos destruir a todos; o que eu quero dizer, e ele tateou a imagem, é que desde 1990 — lembro exatamente desta vez, porque houve o confisco da poupança no governo Collor, o que enlouqueceu Mônica, irritou-a demoradamente, *essa bosta da Zélia levou a minha grana*, ela repetia catatônica por dias a fio, enfureceu-a muito mais do que a mim, afundado momentaneamente em outra família de interesses, bem menos chãos: Therèze voltando de Rennes, feliz, muito feliz, muito mais feliz do que jamais esteve comigo — eu diria, senhores, mais que feliz, *pacificada*. A volta à França, que era para ser curta — breves contatos em universidades, e quem sabe, com sorte, acertar uma publicação do *nosso* trabalho, ela me disse ao anunciar a viagem, tocando na minha mão com a gentileza de quem retorna ao tempo em que ela era apenas uma doutoranda e não ainda... o que seria em breve, o que é difícil definir — durou muitos e muitos meses, com largos espaços de silêncio, uma vez ou outra um cartão enviado ao departamento, é claro, e não à minha casa, primeiro discretamente fechados, depois sem envelope mesmo, uma odalisca de Matisse, uma paisagem de Corot, um belo postal do campo, um cartaz da *belle époque*, cromos que iam passando de mão em mão nos guichês da universidade até pararem no meu escaninho, onde João Veris, antes mesmo do primeiro gole de café, distraído, lembrava de um estalo, *parece que chegou um postal para você, acho que da tua antiga orientanda*. E voltava ao principal: *A direita está em pânico com o crescimento do Lula. Viu o debate ontem? Ele moeu com o Collor.* Não, não vi, eu... — eu ia aproveitar o gancho de Lula e dizer alguma coisa indiferente sobre a emergência de traços das variedades não padrão na fala de prestígio do português brasileiro, consequência do processo de urbanização crescente, *a língua brasileira rompeu o cerco*, eu quase frisei como se houvesse alguma chance de ele entender o que eu dizia, mas era como se Therèze falasse por mim, e meus olhos pregaram-se teimosos no escaninho, o café esfriando na minha mão, cada cartão de Therèze era um sopro fátuo de esperança, para onde eu avancei simulando indiferença, como quem confere o tempo na janela e se volta e de repente vê o cartão com um terço para fora do escaninho, o departamento inteiro dando uma olhada nos jogadores de Cèzanne, que lindo postal — *Mon chèr*, estou debaixo de neve! Saudades do calor brasileiro! Volto em março! *T'embrasse'T.*, um grafismo bonitinho que ela inventou para assinar suas mensagens, as linhas retas, você tem letra de arquiteta, uma vez eu disse, inventando uma análise grafológica que ela achou maravilhosa, *você é mesmo bom adivinho, veja só, que surpresa*, e eu ri, insistindo que grafologia é ciência, manuscritos revelam tudo, *alto senso de organização, apurado espírito estético, objetividade suavizada pelo afeto* (veja a curvinha das vogais, elas não enganam), *independência quase agressiva* (observe a firme inclinação para a frente dos tês, a tranquila energia dos cortes) *e uma inquebrantável ordenação de causas e efeitos, o perfeito alinhamento, nenhuma letra solta! Como é que você sabe, seu sabichão, que a essas características que você descreve no texto escrito correspondem as* características *que você descreve na minha alma?* Pois não acabei de dizer? Inquebrantável ordenação de causas e efeitos! Rimos e nos beijamos e Heliseu parou de se enxugar, tentando fixar-se mais um pouco naquele instante agradável da memória — eu disse, tentando prolongar a sensação boa, você não tem daquelas trouxinhas para a gente queimar e ela respondeu, senhores, como alguém que se adapta aos imperativos de sua própria letra, *parei com isso. A Bernadette está crescendo. Agora só fumo cigarro careta, e só de*

198

vez em quando. Em que ano foi? Na volta da nossa viagem à França, o último oásis, os dias de Congresso, mais aqueles passeios de turista entremeados com tardes inteiras de hotel e depois algumas visitas rápidas a alguns amigos (jamais a seu pai, a quem não vi), nos quais ela me transformava sutilmente em *professor*, uma distância cordial mas *formal*, que os outros *subentendessem* a natureza daquela relação *sombria, nós temos uma relação sombria,* ela me revelou uma vez, acordando de madrugada, um sussurro, *uma relação sombria,* como se ela avaliasse o peso e as conseqüências da palavra, talvez uma culpa atravessada, e eu senti um medo terrível de perguntar alguma coisa à espera de que algum milagre espontâneo acontecesse e minha vida de fato se transformasse — mas em seguida, de volta ao Brasil, as coisas começaram sólida e regularmente a mudar e a se esgarçar entre nós e tudo foi manobrado com tanto talento, habilidade e discrição que parecia apenas um prolongamento *de uma grande normalidade que nos invadia,* acho que essa expressão define bem, senhores: *uma grande normalidade.*

Faltavam ainda meses para os idos de março, senhores! Mas desta vez ninguém foi assassinado — nosso amor, supondo-se que é disso que se trata, terminava não como uma explosão, mas como um suspiro, como queria o poeta. É verdade que ficou uma tensão latente, a minha vida se esvaziando dia a dia, eu ainda grogue de memória, refugiando-me nos lugares-comuns, o paraíso mental que eu havia habitado — afinal, as coisas belas não duram para sempre, certo? Um dia me flagrei sussurrando para Mônica os versos de Drummond: *mas as coisas findas, muito mais que lindas, essas ficarão,* e ela me olhou intrigada, ouvindo não um poema, mas uma afirmação. Era mais uma esperança que uma verdade, o poder do... não. Não não não. Não posso enveredar pelo sentimentalismo. Fica ridículo. Não é este *o sentido da minha vida*. O que você quer dizer com isso, eu ainda perguntei ao meu filho, e ele me disse algo mais ou menos assim: *se você não consegue entender, é inútil explicar*. No momento, eu achei que era um último surto de adolescência, um bater de pé, uma pequena birra diante do caixão da mãe, mas talvez eu tenha ouvido do modo errado — quem faz esta pergunta já está perdido, era o que ele queria dizer. Chegando aos Estados Unidos — e Heliseu sentiu de novo um surto de entusiasmo, as coisas todas se encaminhando, colocar o terno e a gravata, participar da homenagem, receber a medalha, passar numa agência, comprar a passagem, telefonar ao filho: *Filho, estou chegando. Vamos retomar aquela conversa que ficou pela metade.* Tenho de providenciar um novo passaporte e um visto — e a simples ideia angustiou-o e entusiasmou-o em doses iguais, uma tarefa a fazer! Eheh. Era o que Mônica dizia: nada é tão bom quanto ter algo a fazer! — uma frase que ela herdou do idiota do pai dela. Um perfeito camelo. Até a corcova ele foi pegando com a idade. Morreu dormindo. Ter algo a fazer!

Ela escolheu um café próximo ao antigo apartamento — talvez porque a referência fosse instantânea, ainda que o frequentássemos pouco nos bons tempos, mais por resistência minha do que dela; ela adorava *cafés*, sentar em mesa de calçada como se fosse francesa, brinquei com ela uma vez, *você parece uma frrancesa*, e ela disse: sou uma falsa francesa, veja o meu acento errado — deveria ser Thérèze, mas é Therèze — e eu continuei a brincadeira citando Monteiro Lobato, o que animou-a, *ah, eu lia muito Monteiro Lobato, praticamente aprendi português com ele.* Pois é, ele dizia que o que acabou com a França foi o excesso de acentos; que o inglês não tem acento algum nas palavras e, por isso, Inglaterra e Estados Unidos conquistaram o mundo enquanto a França se afundava na irrelevância acentuando palavras. Talvez eu tenha sido muito incisivo na brincadeira, porque ela não riu imediatamente: *Ele falou isso?!* E o jeito dela naquele momento, uma careta contrariada, me fez perceber o óbvio, que os franceses, sim, são patriotas, *allons enfants de la patrie! Isso é uma bobagem*, ela resmungou sem me olhar nos olhos, mas, como se sua contrariedade confirmasse a própria tese sobre a produção de sentido na fala brasileira, sorriu para mim, corrigindo-se:

Mas é engraçado. Um país destruído pelo excesso de acentos! — e enfim riu solto como uma conterrânea. Bobagens são engraçadas e fazem a vida repousar — eu disse mesmo isso naquele momento? — e Heliseu voltou a se enxugar, um homem meio seco, meio úmido, e achou graça da imagem, a divisão pela água. Eu não gostava particularmente daquele café ao ar livre, com a mendicância que inexoravelmente aparecia aporrinhante pedindo dinheiro, vendendo porcariada, tirando o sossego, invadindo o espaço, ostentando a miséria, e que também inexoravelmente levava Therèze, aflita, a distribuir moedas cavoucando a bolsinha, *veja só essa criança de pés descalços, meu Deus!* Mas eu detestava o café principalmente porque era frequentado por colegas, o que não nos convinha, imaginava eu — *doutoranda de cama e gabinete*, diziam em toda parte. Mas agora era como se eu quisesse de novo ouvir esta *calúnia*, torná-la novamente realidade, retomar o poder da minha transgressão, *o cara está comendo a francesinha*, e ele enterrou a toalha no rosto, enxugando-se detalhadamente, a cavidade dos olhos, a velha berruga ao lado do nariz, depois sentiu a lisura da barba feita, e ainda batia um fio de vergonha pela lembrança — sentiu um suor gelado e breve na testa. A frase voltou a ele, mais uma vez, com a mesma força da pancada original: *Mas quem disse que eu quero casar com você?!*

Desde então, senhores, por favor entendam — quem sabe ele enveredasse por esta catarse da memória, pelo menos uma vez fazer explodir a intensidade da vida em público, ele fantasiou, toalha à mão, pensando —, desde então eu nunca mais toquei no assunto; na verdade, ela apenas ofereceu gentil o álibi para que eu me refugiasse nele, tranquilo na minha toca: *Casar?!* — ele reviu o sorriso intrigado de Therèze, feliz, quem sabe lisonjeado, mas claramente divertido, o belo queixo um quase nada erguido na dúvida, *de onde ele tirou essa ideia?!*, era o que ela deixava escapar sem dizer. Eu me senti ridículo. *Casar?!* Era como se Therèze reprimisse o estouro do riso. De qualquer forma, o tempo havia passado e nós nos adaptamos à ambiguidade e ao não-dito, uma tese posta em prática pelos seus autores, por assim dizer.

Só uma vez, na viagem paradisíaca à França, quando ele considerou de fato a possibilidade de ter outra vida, o sonho voltou, fugaz e intenso, também num café, Café Hugo, na Place des Vosges, aquela geometria acachapante e comovente de arcos, a beleza contida e medida com régua e compasso — ela deixava o café esfriar na mesinha e lia compenetrada uma cópia xerox de uma palestra do Congresso, tranquila, os cabelos bem escuros e esteticamente desarrumados (curtimos uma tarde livre e preguiçosa na cama, ouvindo a chuva, e depois das cinco o sol surgiu intenso, e fomos passear), e agora eu dei um gole de café e olhei em torno, a praça, poucos carros passando, uma menina apressando o passo atrás da mãe mais apressada ainda, olhei de novo para Therèze, senti a natureza e a intensidade do silêncio entre nós dois, a paixão pressentida, e sugeri alguma coisa; eu não me lembro exatamente como eu disse, *os prazeres da vida em comum*, alguma coisa simples e impressionista que ela iria entender, meus olhos agora num casal de namorados entre árvores, ele apontando para um lado, ela na dúvida se o caminho seria por ali mesmo, a saia clarinha esvoaçante, e os dois se olharam, e riram, fizeram a volta, deram alguns passos e mergulharam numa faixa intensa de sol em direção ao chafariz — era para o outro lado que eles teriam de ir e para lá se foram decididos e voltei a olhar para Therèze percebendo em mim o perigo daquela comoção elaborada, beirando o *kitsch* (um conceito dela, que amava pintura, uma arte que sempre me foi inacessível, e ela me explicava, didática, diante das pinturas horrendas à venda na beira do Sena, isto aqui, veja, é *kitsch*, algo que pretende ser o que não é, um pecado ético e estético — então o *kitsch* é um estado de espírito, eu diria, e ela acharia graça da imagem, e eu matutando sobre a provável genealogia alemã da palavra) — e como quem cola duas transparências semelhantes uma sobre a outra eu retomava a imagem do primeiro café da cantina, minha primeira iluminação verdadeiramente amorosa com Therèze, como um *déjà-vu* passado a limpo, o puro sentimento sem atrapalhos em torno, e ela interrompeu a leitura e me olhou séria nos olhos, *eu sei o que você está pensando*, ela me dizia delicadamente sem dizer, para que nada se quebrasse naquela tarde bonita, e tocou minha mão com um carinho didático, *não empurre o destino com o ombro*, meu pai costuma dizer. *Ele vai se voltar contra você*. O destino ou o pai?, confundiu-se Heliseu sem pensar e olhou vazio para a toalha úmida, recoletando outro fragmento de memória, este na mesinha de fórmica na cozinha de seu apartamento, *é tão boa a nossa vida*, ela disse erguendo os olhos do livro, *Inéditos do século XIV*, onde acabara de sublinhar a lápis *pois asi he, chamemos a moça e saibamos dela qual he a sua voontade*, Eu digo, você com seu filho, eu com minha filha, por que arriscar esta paz de espírito e esta tranquila independência com uma aventura louca e sem sentido?, e ela sorriu tão lindamente para ele, fazendo da ironia um jogo inocente. Ele tirou os olhos da praça, a fria e impactante beleza daquela perfeita geometria, um inesquecível fim de tarde, *um homem quadrado*, disse-ra-lhe o filho antes de viajar para longe dele, e pousou os olhos no jornal francês dobrado diante dele, *Terror ataca um navio grego*, e de novo contemplou Therèze absorvida no seu texto, vendo-a já como alguém que, discretamente, começa a se afastar numa deriva inexorável.

É incrível, senhores — e Heliseu olhou o teto, atrás de palavras —, como a mais assustadora formalidade pode descer a qualquer instante entre duas pessoas que, digamos assim, pelo método das hipóteses, *se amam*. Ao mesmo tempo — e isso ocorreu neste momento, *literalmente nu* — lembrou que jamais teve uma convivência *formal* com a Mônica, jamais sentiu um segundo de *formalidade* diante dela; desde a queda das consoantes intervocálicas, ainda na fila das aplicações do Banco do Brasil, e desde que, à sombra e ao som de *Easy Rider*, eles se beijaram no escuro, eles foram *profundamente íntimos*, mesmo nos momentos mais agressivos e estúpidos e beligerantes — eles foram sempre *encalacradamente íntimos*, os brasileiros somos incapazes de formalidade, como Therèze queria demonstrar *até mesmo gramaticalmente, aqui há sempre um duplo sentido consensual oculto na frase, e é possível resgatar* concretamente *esta propriedade camaleônica da linguagem brasileira*. Vocês brasileiros são poetas, é tão lindo isso — e quando ouvi esta indulgência ridícula, ao telefone, em nossa última conversa, eu — acabou. Desliguei o telefone e tentei me adaptar enfim a esta nova realidade: estou sozinho. Quer dizer, tenho Mônica, de quem sou íntimo. Não não não não — perdão, senhores, mas não vou enveredar pelos sentimentos. Falar apenas, com frieza e nitidez, do que realmente interessa, alguma coisa adequada a quem está quase chegando aos 50 anos diante de uma menina de pouco mais de 30; uma diferença perfeitamente aceitável, talvez, e com a promessa de repetir por alguns anos o paraíso sexual que enfim ele viveu com alguém e que, também talvez, suprimisse a ideia mesma de tempo na agonia da nudez, agarrando-a como um objeto de uma absurda docilidade e sendo ele próprio objeto de manobra mental, um quebra-cabeça de pernas e braços entrelaçados e penetrados e encaixados sem ar sobre a cama, ambos travados por um sentimento incompleto de posse, fantasiou ele; *mas ela sempre soube o que quis, eu fui o cego, eu direi isso a ela, eu sou cego, pegue-me*; e, já que o tempo é irredimível, com 70 ela terá 50, calculou ele esquecendo imediatamente a decisão de *dizer as coisas*, largando-se apenas no desejo, seria razoável, *alguém para cuidar de mim*, ele quase formalizou em voz alta, pragmático, o que desejava — a vida pode não ter sentido, mas tem direção, ela *se encaminha* para alguma coisa, ainda que não muito boa, senhores (deixo escapar um sorrisinho aqui); assim como, em março de 1990, o país em transe sob um confisco econômico messiânico que selaria em pouco tempo o fim de seu pequeno messias de cabelo engomado e de seu arauto-mulher, a ministra Zélia, *aquela bosta*, repetia Mônica em fúria, ali estava eu, destinado a passar a minha vida a limpo e a suprimir minhas duplicidades, e cheguei àquele café dos idos de março, o retorno triunfal de minha amada, meu bolso cheio de saudades e cartões-postais, prevendo uma longa espera até que ela chegasse, como se de novo estivesse no gabinete aguardando uma aluna promissora, *as palavras são como moedas, só valem as correntes — um traço do mercantilismo chegando à concepção da linguagem, não seria isso, professor?*, e Heliseu continuou se enxugando, vagaroso, a pele tão seca, subindo a mão lentamente do pé, apoiado no bidê, ao joelho dobrado, deixando-se mais uma vez cair no conforto da melancolia, porque, talvez, a sua vida teria sido outra, muito melhor, ao lado de Therèze, *mas eu estive o tempo todo ao lado de Therèze*, ela é que não me teve a seu lado, e ele sentiu um calor no rosto pela vulgaridade absurda de sua queixa, uma breve falta de ar, *eu preciso sair daqui, ir adiante*, e esfregou com a toalha a perna esquerda, tão seca como a outra. O ódio é íntimo, ele pensou em dizer, como que do nada, e os lábios do inimigo voltaram-lhe à boca quase que fisicamente, e ele entreviu um ríctus cínico naquela aproximação pegajosa que o assombrara ao acordar — fechou os olhos e passou a toalha no rosto com força talvez excessiva, para limpar a memória física da primeira imagem do dia, o inimigo enlaçando-o, e dali jogou-se na luz do café brasileiro, onde não houve espera — ela chegou antes, senhores, pela primeira vez ela já estava lá me esperando, lindíssima de azul, o meu coração na garganta *tirava-me a voz*, eu poderia dizer, poeta, e Heliseu se refugiou na pequena ironia. Enxugou minuciosamente as partes íntimas, já secas há muito tempo, ele poderia acrescentar, fazendo uma graça escatológica, esta região de dobras sombrias e selvagens com seus pelos sem ordem mal ocultando os mistérios da vergonha e da sujeira, o saco, o pau, o cu, a pulsão inerte e fria, *esses brrasileiros coçando o saco nos cafés são engraçados*, uma vez Therèze lhe disse, e o sentido era duplo, *jogadores de futebol — meu pai adora futebol — também coçam o saco em público, fazem gol, cospem e coçam o saco*, e os dois desandaram a rir, *é uma expressão engrraçada*, ela disse, *deixa eu coçar o teu saco*, e eles riram mais, aquilo tinha uma graça sacana e ele fechou os olhos, sentindo a coceirinha e rindo alto agora, *olhe, tem um pelinho mais comprido aqui*, ela disse, e ele entrou sorrindo no café, como se fosse esta a lembrança que vivia e não o impacto de revê-la.

E o manto da formalidade caiu subitamente entre nós, eu poderia dizer, com pompa e circunstância, para definir o véu discretíssimo de frieza que, no mesmo instante em que nos víamos, passava a tolher os gestos — na verdade, desde o telefonema marcando o encontro, como se não fizesse quase um ano que não se viam, a familiaridade agora apenas encenada, uma espécie de alegria fingida que esconde uma bomba ou uma vergonha ou um segredo ou uma simples e invencível distância, *Amanhã você pode?*, ela perguntava, como se ainda ao catedrático atarefado e não ao seu amante integral de tantos anos e páginas e memória — mas, senhores, talvez eu esteja falando apenas por mim; a rigor, descrevendo tecnicamente, o sorriso dela estava idêntico, assim como o jeito despachado, quando se ergueu da mesa ao me ver, sonhei até que fosse uma primeira vez, o sonho nítido na noite seguinte, acordei com ela me dizendo outras coisas, bem mais próximas, e naquele caos difuso dos sonhos, ela tirando a roupa num velho hotel, ao mesmo tempo familiar e estranho, como ela mesma, que tirava a roupa com uma certa contrariedade, mas com a certeza mútua de que *estávamos juntos para sempre*, o que quer que isso quisesse dizer, é da natureza dos sonhos não significar nada, embora ele nos dê sempre a ilusão de uma chave, a sua grande arte — *e sonhos, você também interpreta?*, divertiu-se ela, quando terminei a minha arguta análise grafológica, *enfim, você é uma mulher decidida, observe a força deste ponto final na frase, e exatamente no alinhamento, como se escrevesse sobre uma régua imaginária; Não, sonhos eu não interpreto*, eu disse; *não consigo levá-los a sério; Sei*, ela disse; *você só leva a sério aquilo que consegue entender e traduzir; Exatamente*, eu disse, e nós dois sorrimos — estávamos a poucos centímetros um do outro agora, e eu tentava decifrar cada trecho daquele rosto ligeiramente amorenado, não de sol, mas de gene, e ela parecia fazer o mesmo comigo, eu percebia seus olhos irisados percorrendo meu rosto, numa esgrima breve, e intensa de detalhes, *Quem é esse cara*, ela parecia perguntar-se com admiração e leveza, alguém que faz uma pergunta cuja resposta na verdade não lhe interessa, como se ela já soubesse do que se trata — *É por isso que você não me leva a sério*, ela poderia talvez dizer; *é porque não consegue me compreender e traduzir*, *esta* frrancesinha, ela poderia brincar, como em tantas outras vezes. Você acha que faz sentido dizer, ela perguntou uma vez, repensando o *frrancesinha*, que o diminutivo no português do Brasil tem uma função *amortecedora* de conflitos, criando imediatamente um subtexto afetivo, para melhor bater com a outra mão? Não confunda com a ironia, eu disse — lembre-se do que você mesma disse sobre ela, *o comentário de salão.* Sim, ela contestou — mas eu já ouvi alguém dizendo *Fulano vinha* andandinho *pelo corredor*, e sem ironia; era uma *gramaticalização* do afeto, sonhou ela, olhos intensos, como quem vislumbra um pote de ouro; *O que é outra coisa*, apressei-me a dizer — não perca o fio da sua tese, não se distraia com quireras; ela parou para pensar, olhando-me firme nos olhos, sem me ver, e dava para ouvir as engrenagens afiadas do seu cérebro — *Sim, você tem razão*, e ela suspirou. Vamos beber um vinho, que merecemos?, ela propôs, e por mais este instante vivi uma felicidade intensa, o mais próximo que estive de alguém na minha vida. Mas eu poderia mesmo dizer isso, *o mais próximo que estive de alguém*, sem mentir?, e Heliseu percorreu sua memória afetiva atrás de um paralelo, a mão de sua mãe nos seus cabelos no sonho de infância, a gentileza sussurrante de padre Zélio, uma breve amiga loirinha num parque que pareceu defendê-lo da agressão de um menino e em seguida, segurando sua mão, disse *venha aqui comigo*, e mais ele não lembra; e depois foram anos e anos de uma dureza mental e física temperada pelo estudo, pelo autocontrole e pela presença crescentemente senil do pai até a tranquila queda das consoantes intervocálicas e os olhinhos de jabuticaba de sua mulher, enfim voando de um sétimo andar e arremessando-o a este instante.

Estou enxuto, decidiu Heliseu olhando para a toalha úmida, que amarrou na cintura, sentindo uma breve satisfação por *jamais ter criado barriga*, como tantos dos meus colegas, e por um momento imaginou fazer um comentário bobinho sobre isso, as pessoas gostam de brincar com os efeitos da velhice, uma espécie de jogo de criança, invejas retardadas, os cabelos pintados, as rugas que se espicham, a barriga da cerveja, o remedinho para artrose (de que nunca precisei), as comparações mortais, *Você viu o botox da Débora, o que é aquilo?!*, estou enxuto, ele repetiu, vendo-se de lado no espelho já sem vapor e sentindo um breve manto de frio — *tenho o clássico nariz romano*, murmurou ele, memória de alguma imagem. E Mônica, que viveu a vida julgando o mundo, terá sido ela feliz com a amiga Úrsula, rodando o mundo com suas férias idiotas em ônibus de turistas, pagas em intermináveis prestações? Também de lá vinham cartões-postais, aquelas fotografias batidas de pôr do sol e montanha com neve, *Heli, Kyoto é maravilhosa, cada templo, quanta paz!* — ou então *A Suíça é caríssima, nunca mais venho aqui, mas os Alpes são lindos. Beijos no Dudu.* Num momento, eu meio que desisti, senhores. Depois dos idos de março, Therèze diluiu-se na lembrança, e fui apenas vivendo por instinto, respirando cuidadoso o ar da cátedra que me sobrou. Mas as aulas nos preenchem, não? Aqueles alunos todos prestando atenção. *Dos annos seguintes nom achamos cousas notavees que de contar sejam,* dizia Azurara em sua *Crônica da Guiné* — e, olhando para meus atentos e silenciosos estudantes, eu lia epitáfios escolhidos da nossa língua, belas amostras cobertas de pátina, observem o duplo sentido, as finíssimas camadas do tempo, o que não está dito, eu frisava, *sem poder aver certo conhecimento se aquelles homeēs eram Mouros, ou gentios, nem que vida tratavam, ou maneira de viver tinham. E foe esto no anno de mil e quatro centos.*

O véu da formalidade: ela não me abraçou completamente, ainda que em tudo o mais — a alegria solta no rosto, que eu amava e que me desarmava — fosse exata a mesma; mas o corpo (ela havia engordado um pouquinho) — e Heliseu quase repetia o gesto, nu e com frio, o gesto da proximidade, as curvas sutis do abraço, que ele sentiu curtas e brevíssimas, de alguém que presto se afasta com o álibi de melhor contemplar o amigo, segurando-lhe os ombros, ou defendendo-se deles —, mas, senhores, eu não me lembro do que ela disse, apenas sei que continuou segurando minha mão, ou os meus dedos, enquanto, graciosa, me punha sentado à sua frente na mesinha, como se ambos estendêssemos uma toalha nela, já preocupada com o que eu ia beber, numa gagueira alegre. E súbito ouvi, olhos ainda no cardápio de plástico com fotos das atrações, *francesinho com pepino e mortadela*, procurando nada:

— Estou grávida.

Então nos olhamos a sério. Fiz ainda um rápido e ridículo cálculo de meses intermináveis, como se fôssemos elefantes fiéis, e me virei para pedir café, planejando simular indiferença, ou uma indiferença que se revestisse de uma atenção cuidadosa e gentil, educadamente formal, mas também não tive tempo, porque, ao me voltar, braço erguido atrás de um garçom, do nada a menina se pendurou igualmente alegre no meu pescoço — Bernadette.

— Oi, tio!

Olhei aquele pequeno escudo de Therèze, que, aos 6 anos, parecia repentinamente uma adulta.

— Eu já sei ler. Vou estudar na *Frrança*.

Senti um toque de provocação na informação. Os olhos, idênticos aos da mãe, brilhavam de faceirice, dois cachinhos com fita azul nos cabelos. Uma linda menina, e feliz; não mais o bebê birrento no colo da diarista, que saía à praça com ela para nos deixar na paz da cama e da tese do não-dito, e não mais a menininha crescendo e percebendo desconfiada em casa a presença escusa do velho senhor, sem o papel definido do homem adulto que ela começava a intuir com suas coleguinhas de creche. Por pouco não tivemos mais um filho, eu e Mônica, mas uma gravidez tubária e inesperada, que quase levou-a à morte, mudou nosso destino por pixotada médica, com a operação que se seguiu — minha mulher não poderia mais ter filhos. Ainda era um tempo de proximidade, e curtimos a tristeza mútua, provavelmente sincera, como quem recupera um último fio de afeto. Processar o cirurgião? Segurei a mão dela na cama do hospital, e a tristeza era verdadeira: teria sido bom um outro filho, *filhos únicos são ervas daninhas*, uma vez meu pai deixou escapar nos seus últimos dias, no momento em que eu, desajeitado e de má vontade, um sábado perdido para cuidar dele, lhe servi uma sopa sem sal. Seria bom outro filho, pensei, mas não disse em voz alta. *Ainda temos o Dudu*, sussurrou Mônica, e agarrou minha mão com as duas mãos, num dos seus raríssimos momentos de fraqueza, e eu me senti importante, alguém que cumpre um papel de acordo com a cartilha. *Pai, você é o depósito de todos os preconceitos do mundo*, disse Dudu, já quase com a indiferença suplantando o desprezo, quando foi para os Estados Unidos, um ano antes de a mãe morrer, a quem, imagino, abraçou demoradamente no aeroporto; provavelmente choraram no ombro um do outro; *eu vou visitar você sempre, querido*, ela certamente disse e repetiu várias vezes — poucos meses depois já pagava as prestações da viagem que faria com a Úrsula, *vamos percorrer aquele país de leste a oeste*, ela comentou, afetada; eu não fui me despedir do meu filho, senhores, porque — não importa. Brigas familiares são horrendas porque explodem sem regras; o parentesco tudo permite. Tragédias, senhores, são entidades substancialmente familiares. Estrangeiros nunca são trágicos; são apenas inimigos, a quem se pode eliminar sem remorsos — e eu olhava para os cachinhos balouçantes de Bernadette como a evidência da tese.

Heliseu apoiou-se na porta do banheiro antes de abri-la, tentando fechar a ideia que lhe surgia, ao mesmo tempo que esperava o sopro de tontura que sentiu esvair-se sozinho. Talvez fazer um símile na palestra, para que percebam o mundo como eu o percebi — a memória obedece à lógica fotográfica, *escolhemos o que olhar, senhores*. O que é também o olhar da ciência: *Vejam, senhores, o caso da gramática comparativa e a revolução promovida por William Jones e seguida pelos irmãos Grimm ao colocar o sânscrito na irmandade ocidental. A linguística foi a primeira ciência verdadeiramente moderna.* Mas a ideia do filho voltava-lhe à cabeça: o depósito de todos os pecados do mundo? *Agnus Dei, qui tollis peccata mundi, miserere nobis* — eu cantava isso na igreja, e a imagem do Papa renunciando esvoaçou na sua cabeça, o rosto sinistro de Ratzinger, o sorriso falso revelando dentes feios, o mal-estar de sua alta posição no mundo, *até o Papa renunciou, senhores!*, e ele divertiu-se com a ideia, abrindo enfim a porta e dando uma corridinha pelo corredor, que dona Diva não o visse magro e nu envolto numa toalha ridícula, escondendo-se no quarto, onde se trancou, sentindo um pequeno surto de entusiasmo: não posso me atrasar.

Heliseu abriu o guarda-roupa atrás de uma camisa adequada para a cerimônia e era como se encontrasse oculta entre os cabides a figura intrigada do Inspetor Maigret: o senhor matou a sua mulher? Uma ideia engraçada a partilhar: senhores, nunca tive alucinações na vida. Sou um detetive racional das palavras e dos fatos, nesta ordem. Ou um velho nominalista, o que sempre nos permite *melhorar* as pessoas e as coisas. Dê um nome às pessoas, aos fatos e aos objetos e eles se acalmarão como cãezinhos obedientes. Transformar um entediado e inepto delegado de polícia, escrevendo garranchos num formulário, num sofisticado Inspetor Maigret, alguém que sabe que atrás de todo crime — atrás de todo gesto humano — esconde-se uma motivação moral dificilmente apreensível, eis o que minha memória insiste em fazer. O perpétuo esforço de melhorar o mundo, que é a substância das mentiras bem-intencionadas, eheh.

Você fica bem de branco, dizia-lhe Mônica; Adoro você de azul, sorria Therèze. Ele tirou o cabide com a camisa azul e a afirmação voltou-lhe à cabeça como tantas outras vezes, o velho disco riscado: *estou grávida*. Cabide à mão, Heliseu olhou para o alto, a luminária de duas lâmpadas, uma boa, outra queimada, e passou-lhe à cabeça a imagem de uma visita futura à Therèze em Lyon. Quem sabe?, sonhou. Sou um homem livre! — e ele sorriu da bravata, da viagem e da liberdade. Bernadette sentou-se à mesa, feliz com a revistinha em quadrinhos que acabara de comprar e que abriu apressada de modo a provar que realmente sabia ler. Era a cena de um filme errado, ele chegou a pensar, num átimo de salvação; talvez, voltando atrás e entrando de novo no café, as coisas — e teve vontade de dizer isso a Therèze, como a brincadeira que faziam para melhorar o tempo, ambos partilhando a mesinha de fórmica e decifrando textos em busca da *gramática da ocultação*, esta chave misteriosa que ela criou, e que ele tentava destruir como advogado do diabo, *volte à página anterior e leia de novo e eu vou fazer de conta que você não disse o que disse*, e ela releu em voz alta, *o ouvido é melhor que os olhos para entender o português arcaico*, a lenda do rei de Leão, Dom Ramiro, no *Livro de Linhagens*. Dom Ramiro raptou a bela moura, irmã do rei mouro, a quem ele batiza de Artiga; mais tarde, ao ver sua própria mulher, Aldora, raptada por este mesmo rei, vinga-se destruindo-o, e, *despois de matar sa molher* (por afogamento — amarrou uma pedra em seu pescoço), *foy-sse a Leom e fez sas cortes e mostrou-lhes as maldades da rrainha Aldora, e que avia por bem de casar com dona Artiga, pedra preciosa entre as molheres que naquelle tempo avia*, e, veja, Therèze, o crime não era crime, a Idade Média era *naturalmente* inteira em carne viva, mijava-se, cantava-se e matava-se em público; a nova rainha *avia de seer boa cristãa, que Deus por sua hõrra lhe daria geeraçom de homẽes boos e de gramdes feitos e aventurados em bem*. Você também precisa se converter ao cristianismo, para que nosso tálamo seja abençoado — aliás, me ocorreu um detalhe: Therèze é nome de judia? Acho que você é uma cristã-nova, eheh. *Pelo que sei, minha mãe era apenas francesa, uma vez ela deixou escapar numa das únicas vezes em que falou da mãe.* Ambos prendiam a fumaça no pulmão, demoradamente, e soltavam-na aos poucos, como brincadeira de criança, e riam. Ele gostava do perfume, a fumaça adocicada — mas o efeito retardado da *cannabis* sempre o deprimia, talvez porque a ressaca coincidisse com a volta para casa às 11 da noite, *avaliar qualificações de doutorandos, que coisa chata, Mônica!*, ele imaginava dizer, encontrando Dudu com a babá, *mamãe foi no cinema com a tia Úrsula.* Abriu a gaveta das gravatas, *um caos de cobras coloridas*, a assonância surgindo como um último fio da *cannabis*, só para prendê-lo ainda à Therèze, *mas eu nunca tive alucinações, um perfeito iluminista.* Naqueles anos, senhores — talvez ele pudesse dizer, e Heliseu olhava imóvel para as gravatas na gaveta —, naquele tempo tudo que era disfuncional parecia interessante, verdadeiro, autêntico. O indivíduo enfim conquistava sua liberdade. *São os trancos da História*, como disse João Veris, no único momento poético de sua vida, emendando com o assobio desafinado de um samba, café esfriando à mão — mas acho que isso foi depois, na cassação do Collor, e não no confisco geral, exatamente nos idos de março em que eu revia Therèze. Uma Therèze impressionada com os acontecimentos políticos do turbulento Brasil, mas tranquila: *Felizmente antes de viajar eu troquei tudo que eu tinha em francos. Não me confiscaram nada.*

Neste último café, algum fio de esperança paralisou-o diante da confissão quase cochichada, estou grávida — *vamos esperar*, eu pensei, *para ver o que está acontecendo, é melhor não dizer nada.* Deteve-se mais uma vez no instante, a menina que ia estudar na *Frrança* abraçando-o, *tio, já sei ler*, e ele avaliando a gravidez alheia que transparecia no rosto da mulher amada. Tentou definir, olhos ainda nas gravatas, a camisa azul aberta, a mão paralisada: ela estava *contidamente fulgurante*. A incrível elevação das grávidas — uma linda Virgem Maria, plácida, feliz, madura, segura de si. Não era uma atitude agressiva, e nem remotamente uma provocação, menos ainda uma vingança — apenas alguém partilhando a felicidade, já num degrau superior de convivência, *nós estamos num patamar superior de convivência*, foi ele que uma vez disse isso a ela, num momento arrogante de felicidade ao seu lado. Temos a *fórmula*, ele quase acrescentara. Lembrou da mão de Therèze sobre a sua, sob o olhar da filha, que, filha da mãe, tentava entender a natureza daquele gesto, como num jogo: *Eu não poderia contar a você numa carta. E menos ainda num cartão-postal.* Imaginou alguém lhe estendendo o cartão ao distribuir correspondência na hora do cafezinho, quem sabe uma banhista de Renoir: *Parece que sua amiga está grávida.* E eu consegui dizer — e Heliseu, de novo, sentiu um sopro de tontura, olhos nas gravatas — *vamos brindar a isso*, ao que ela, sempre sorrindo, discretamente apertou minha mão inerte sobre a mesa, num rápido segundo, antes que eu a tirasse dali num gesto brusco, como quem se livra de um toque desagradável, para chamar o garçom. Repetindo o samba que João Veris tentava assobiar, senhores, aqui presente — ali na primeira fila desta homenagem, sorrindo, velho companheiro de cafezinho, grande Veris! —, é preciso engolir em seco e dar a volta por cima.

— Muito bem — disse o inspetor, recapitulando mais uma vez a sequência de *fatos*. Vamos aos *fatos*, professor

Heliseu. As palavras que são como as moedas que são como os fatos que são palavras, e ele sorriu do silogismo circular capenga, conferindo os botões da camisa azul: não falta nenhum. A roupa dá uma dignidade à nudez; a roupa faz milagres, quando se põe, e quando se tira, e ele se contemplou ao espelho da porta do guarda-roupa, as varetas brancas das pernas sustentando o tronco azul, como um manequim de alfaiate. Quando *começou* aquilo, foi o que Mônica perguntou, você achando que eu era idiota?! Então eu não percebi?! — mas isso, senhores, não contei ao inspetor, *porque não era relevante*. A busca das *causas* induz a erro, era o que eu dizia à Therèze, cumprindo minha função de orientador, porque você já não vê os fatos quando você imagina antes uma *causa*. É melhor fazer o percurso contrário: primeiro, inspetor, siga as pegadas, elas é que são indeléveis, como aqueles carimbos de dinossauros na lama endurecida durante 150 milhões de anos — indiscutivelmente, senhores, eles passaram por ali. Isso é um *fato*. Resolvemos, eu e minha velha mulher — vou usar agora uma expressão popular, inspetor —, resolvemos "lavar roupa suja". Em casa, como exige a etiqueta. Ela estava ali no outro lado da mesa da sala, onde eu tomo café desde o início dos tempos. Eu estava aqui. O ano? 1997. Isto é, sete anos depois de Therèze sair da minha vida. Com quem, aliás, eu jamais lavei roupa suja desde que, num instante distante e volátil, aproximamos nossos lábios: ela fechou os olhos e inclinou levemente a cabeça, a mão tocando minhas costas e me puxando com suavidade. Esquecemos o que tínhamos a fazer — a gramática histórica aberta no capítulo da formação das palavras, e eu disse, *não é aí que está o segredo*, e então ela se levantou, aérea, pensando em outra coisa, *você não quer um café*, e eu disse *acho que sim*, já pressentindo que estava acontecendo alguma coisa diferente, e ela deu dois passos e voltou, e ficou às minhas costas como quem confere a gramática alheia sobre os ombros, e eu me ergui, afastando discretamente a cadeira, nós já nos movíamos como quem está invadindo pé ante pé uma casa em segredo — e permanecemos abraçados depois do toque de lábios que se transformou num beijo longo, agora ambos de olhos fechados, pensando na surda gravidade do que estávamos fazendo e, quem sabe, nas suas consequências pesadas, eu e ela, cada um com uma caneta mental na mão, desenhando um futuro imediato — não o que iria acontecer daqui a um ano, mas daqui a um minuto, quando teríamos enfim de abrir os olhos.

— Eu vou fazer café — e Therèze ficou no mesmo lugar segurando meus ombros, eu sua cintura, e nos olhamos com a seriedade tensa de quem sabe que ainda é tempo de voltar; talvez ela esperasse a minha iniciativa, o meu sorriso vagamente constrangido mas ao mesmo tempo compreensivo, tentando não quebrar o cristal da nossa bela amizade, respeitando o desejo mas colocando-o na sombra, o seu verdadeiro hábitat, *você não ia fazer café?*, em busca daquele minuto salvador de solidão e silêncio que repõe as coisas certas nos lugares certos para a vida prosseguir, o professor que simplesmente diz *isto não está certo*, aquilo que se espera naturalmente dele, a *correção*, é o que esperamos dos professores, a *correção*, por isso estou aqui, recebendo esta homenagem, pela minha *correção*. *O que dá o pão não pode dar a carne*, disse-lhe o pai uma vez, quando ele ainda era criança, uma frase incompreensível que ele ouviu, tudo em torno esquecido, mas a frase ficou misteriosa batendo na sua cabeça, para ricochetear agora, décadas depois, diante de Therèze, que voltou a beijá-lo, fechando os olhos, e ele entregou-se. Diante das gravatas, voltou-lhe o eco do desejo, a vibração do corpo, um quase início de ereção, a vida inquieta que agora novamente se perdia, e ele voltou à última mesa do café, revendo-a luminosa e tranquila, grávida e com a filha ao lado, lendo revistinha — *Eu adoro ler as histórias da Mônica!*, disse a menina com a afetação inocente das crianças felizes, e ele imediatamente levantou o braço, mais uma vez, atrás do garçom, o estômago súbito queimando, *um café e um* croissant, *por favor*, e voltou a olhar para Therèze, que voltou a tocar na sua mão, como que para acalmá-la sobre a mesa: *Você está tão bem, Heliseu. Engordou um pouco.* Uma tranquilidade absurda. *Eu tenho passaporte* frrancês!, disse Bernadette levantando os olhos da revista, e ele passou a mão tensa nos seus cachinhos azuis, com um sorriso mecânico, até que lhe ocorreu um escape:

— E acertaram escrever seu nome?

Therèze riu da brincadeira, que a menina não entendeu: *Sim — Bernadette com dois tês, não é, querida? Bem certinho. Eu é que continuo um erro ortográfico, meu Therèze com acento pela metade*, e ela riu alto, como anos antes, ao lhe contar: na revalidação da cidadania brasileira o funcionário errou a grafia e aquilo teve um efeito cascata que foi passando de documento a documento. *E aqui estou eu, Therèze, pela metade.* No mesmo dia em que ela disse novamente, como um jogo de esconde-esconde: *Quem disse que eu quero casar?!* Ele sempre achou que era um jogo — que ela apenas aguardava o momento ou a palavra ou a chave ou a solução para casar com ele, *seremos felizes para sempre*, ele brincou, e ela disse, *nós já somos felizes para sempre, você não percebe?*

— É uma... *produção independente*, como se diz hoje?
— perguntou a ela, os olhos em direção à sua barriga, que
ainda nada revelava, e ele agora fechou os olhos diante da
gaveta, tentando lembrar: não, eu não disse nada, jamais
consegui ser grosseiro assim com Therèze, apenas perguntei
com os olhos, *despejado do paraíso, com mala e bagagem*,
por assim dizer, senhores, e talvez tenha escapado um tênue
fio de ressentimento, que eu tentava controlar a todo preço
mordendo mentalmente os lábios sorridentes, e ela respondeu enviesada, enquanto ambos contemplávamos um jovem de jeans e quipá na cabeça, comprando uma carteira de
cigarros a poucos metros da nossa mesa, uma cena breve
que parecia interligar anos e anos de convivência, sinais e
referências, como se ele entrasse no café com a função única de provocar uma nova situação irreversível em nossa
mesa e em nossas vidas, evaporando-se assim que virasse a
esquina com seu cigarro no bolso:

— Fiz meu *bat-mitzvá* no mês passado! — ela disse,
num estalo de quem se lembra, e havia uma faceirice ma-
treira na confissão, mais como quem revela uma transgressão religiosa do que como alguém que se submete a um
destino, e a tontura que me bateu, o início de uma crise de
labirinto que me derrubaria como a um bêbado quase que
um ano inteiro depois que nos despedimos e nunca mais eu
a visse. — E na cerimônia, Heliseu, li o pergaminho da Torá,
antigo privilégio dos meninos. O mundo se transforma.

E ela riu, vitoriosa, até que meu silêncio pesou (pensei
em brincar como tantas vezes para torná-la cristã no nosso
rito pagão em língua arcaica, *e a agoa de sancto baptismo?*,
mas a alma não acompanhava o humor) e ela se voltou à
filha, concentrada na revistinha, passando a mão nos seus

cachinhos azuis, ponderando a extensão irredimível da nossa distância, que só agora, talvez, lhe parecesse nítida. Therèze, senhores, sempre foi uma mulher leve. Ela *paira* sobre o mundo. Passa pelas pessoas e pelas coisas quase sem tocá-las — talvez ela seja mesmo inocente, como eu, e não simplesmente má, porque *os maaos nom agradeçem, nem ssom conhoçemtes do bom seruiço que lhe outrem faz*, como anotei brincando em nossa aula do século XIV, quando eu lhe pedi que fizesse café e ela respondeu *faça você para mim, pelo menos uma vez*, e eles riram de provocação e felicidade; e ele escolheu uma gravata de riscas vermelhas, recolhendo-a cuidadoso do emaranhado de gravatas como quem puxa um fio perdido, que combinaria com o terno escuro com o corte já um pouco fora de moda, como alguém lhe disse, talvez Mônica — mas faz tanto tempo assim que usei um terno? Não não não, foi no enterro do... esqueci o nome, aquele professor do Departamento de Grego, esqueci o nome, uma boa pessoa, *metaforá!*, brincava ele no café em voz alta, repetindo o grito dos carregadores de mala do aeroporto de Atenas, *metaforá!* Era uma graça límpida, ingênua. *Metáforas transportam*, ele explicaria pela milésima vez em seguida, rindo, café esfriando à mão. Mas nunca ninguém me diria que meu terno está fora de moda, ainda mais num funeral — eu mesmo é que concluí, sentindo o cheiro de roupa guardada, e cheguei a pensar em comprar um terno novo. *Um só terno chega*, disse meu pai, quando saí de sua sombra para viver a minha vida. *Na verdade*, ele acrescentou, atento ao detalhe, dedo em riste, conselheiro enérgico, para não demonstrar que minha saída de casa haveria de abalá-lo, *na verdade, um bom paletó é o suficiente. Um bom paletó quebra o galho em praticamente todas as situações*, encerrou ele, definitivo como sempre. Eu que me arrancasse dali com o meu paletó, como se todas as ideias do mundo fossem dele, a de fugir de casa e a do paletó entre elas.

A leveza de Therèze — ele ponderou, sopesando a gravata, aqueles frisos vermelhos não seriam, assim, ostensivos demais? Vão combinar com a camisa? — a leveza de Therèze; *nós ainda conseguimos brincar com a religião*, uma vez ela disse, e ele se fixou estranhamente naquele *ainda* misterioso; ela também estava um pouquinho mais gorda, é claro, três ou quatro meses de gravidez, mas isso ele não disse, é claro — na verdade, no momento nem percebeu —, e ele tentou voltar no tempo, na despedida anterior, depois da defesa da tese, que não ganhou a esperada *recomendação de publicação*, segundo a banca, com a presença dominante, severa e correta de seu velho colega Freitas Lima, de voz tonitruante, um som que reverberava como um oximóron dentro da alma mais gentil que ele conhecera nos corredores do departamento (*Conte comigo, conte comigo*, insistiu ele quando a Mônica morreu e as pessoas o evitavam no café, *o homicida*, a mão pequena esmagando-lhe o braço, *conte comigo!*); para uma recomendação, isso ele disse depois, uma explicação academicamente generosa ao colega, você sabe, Heliseu, seria preciso antes fazer uma *revisão técnica do conceito mesmo de gramaticalização do não-dito na língua brasileira*; a banca decidiu que as conclusões estavam *um tanto frágeis*, ainda que engenhosas, e — e Freitas Lima ergueu o dedo, que não pensassem mal de seu senso de equilíbrio e justiça, *frise-se que a exposição da primeira parte, As raízes da ambiguidade* — a Therèze sempre foi boa em títulos —, *está simplesmente soberba, é a palavra que me ocorre, soberba, um primor de interpretação social aplicada aos mecanismos da linguagem,* e ele olhou para mim neste momento, no breve, mas não fátuo, gesto de respeito ao orientador. De modo que, tudo somado, o Graal continuou inacessível, a encruzilhada entre sociedade e língua permanece visível no discurso mas invisível no sistema, porém — vamos e venhamos, a esta altura — o principal é que Therèze era uma doutora. Ela chorou de emoção, discreta, ao ouvir a banca, todos em pé no pequeno anfiteatro, o ritual ligeiro que ainda se mantém, a sombra de uma solenidade acadêmica em respeito à alta cultura, cada vez mais esfarrapada, Bernadette pequeninha ao seu lado, controlando corajosamente o tédio da defesa até que dormiu, primeiro no colo, depois na cadeira, uma boneca tranquila, *levou a filha como um escudo*, ele ainda entreouviu de alguém no corredor. *Meu pai me telefonou da França ontem. Eu senti que ele não está bem.* Comemoramos a bela vitória bebendo vinho, felizes, mas daquela vez não ficamos nus — já há alguns meses, para dizer a verdade, a atmosfera ia sutilmente mudando em direção a uma distância mais... madura. Madura, talvez seja esta a palavra. Ela cada vez mais *não estava mais ali*, por assim dizer. *Hoje eu quero ficar só,* ela lhe disse uma vez, quase cortante, e as águas parece que se dividiram, deixando ao meio um caminho estreito de terra seca; talvez tenha sido o medo de perdê-la que o deixou em silêncio, não se mova muito, não faça barulho, as águas podem voltar simplesmente ao leito. Mas não voltaram. Não lembro bem por que ela queria ficar só — e Heliseu colocou a gravata no pescoço e segurou as duas pontas sobre o peito, atento na breve operação mental de recordar por onde se começa para dar o nó, pela direita, pela esquerda, esta parte sobre esta aqui? — é *como andar de bicicleta*, disse-lhe alguém, *você não esquece mais a sequência*. Mas eu esqueci. Fechou os olhos para não pensar, às vezes sabemos como se escreve uma palavra não pelo cérebro, mas pelo impulso do gesto, e a mão direita dobrou a parte larga da gravata sobre um ponto fixo da parte estreita, num cálculo intuitivo, e ele seguiu em frente, autômato, uma sequência articulada de dobras, um origami de pano.

— Meus pêsames — lembrou subitamente de dizer, quando o garçom trouxe-lhe o *croissant*, mas não o café. — Faltou o café — apressou-se ele a reclamar, como a mudar de assunto, mas ao qual voltou imediatamente, agora era ele que tocava a mão de Therèze: — O seu pai. Eu... não sabia como encontrar você para telefonar.

O cartão desta vez estava respeitosamente fechado num envelope, uma pintura de Chagall, um casal triste, ou apenas tranquilo, voando num céu cinza, e as poucas e enigmáticas palavras, frias como uma lápide — *Meu pai morreu ontem. Sinto sua falta.* E assinou *Therèze* por extenso, sem o prazer do grafismo, as linhas inseguras e descendentes. Ela sente a *minha* falta?, ele se perguntou, esperançoso e envergonhado. Sempre sentiu o pai dela como um rival misterioso e secreto, o escape de Therèze para a sua verdadeira vida. Em Paris, uma vez ele perguntou: você nunca vai me apresentar ao seu pai? E ela deu uma risada diversionista, como quem diz *seu bobinho!* e não explica o que significa. *Ele vai para Rennes*, ela disse, misteriosamente, e ele mudou de assunto. Em momentos de folga no Congresso, ela desaparecia, voltando tarde da noite: *Fui ver meu pai*, confessava invariavelmente. *Ele está bem.* Seguia-se um breve e denso período de melancolia, até que ela de novo sintonizasse com a minha presença. *Você me sente como uma mulher judia?*, uma vez ela me perguntou — e ele interrompeu a sequência da gravata tentando se lembrar do que havia respondido. Mas é provável que tenha dito o que diria agora, se ela perguntasse novamente num telefonema absurdo de Lyon, *Parabéns pela homenagem, meu querido! Queria tanto estar aí!* E, sobre a mulher judia que iria emergir na longa conversa, ele enfim responderia *eu jamais pensei nisso*, e até poderia acrescentar algo edificante como *nós, brasileiros, somos...* mas interrompeu o pensamento que lhe doeu pelo ridículo da superfície, como se começassem tudo de novo desde o primeiro dia. Ela agradeceu os pêsames com um gesto compreensivo, mínimo e pleno, e por um instante ele sonhou que mergulhavam na densa sintonia do silêncio em que tantas vezes nesses anos se refugiavam seguros, para não quebrar a boa sensação do encontro, mas Therèze cortou:

— Vamos passar o ano em Israel.

Bernadette levantou imediatamente os olhos da revista.

— Mas o tio Daniel vai com a gente, não é, mãe? — e a mãe fez que sim, cobrindo-lhe a mãozinha com um gesto carinhoso que era também um pedido para que ela se calasse, enquanto não tirava os olhos de mim, explicando em seguida, a voz em busca do tom exato para não me ferir e ao mesmo tempo nada ocultar, *uma relação madura*, que deixava fugir um fio expectante de tensão:

— Daniel é o pai.

Puxou a ponta larga da gravata com um gesto ríspido segurando o nó frouxo na garganta, e percebeu que ela estava ridiculamente curta, o rabo indo até embaixo, e desfez irritado o origami — era preciso refazer a proporção *eu perdi a mão*. Olhou para o espelho, tentando lembrar do que ele deveria ter dito ou do que pensou em dizer, uma brincadeira que os relaxasse, mas não encontrou a frase que os redimisse, *eu não cheguei a convertê-la*, divertiu-se ele, e, *hijndo-se ella emprouiso, desapareceo e nunca jamais a nenguē vio*. Recomeçou, paciente, o nó da gravata. Eu não disse nada, senhores, até porque, providencialmente, chegou o café faltante, num gesto engraçado do garçom, como quem se desculpa pela demora apenas pelo sorriso, e eu lembro que me passou num segundo a ideia fugitiva de comentar o gestual brasileiro do *não-dito* que sequer chega ao enunciado mas se escancara no rosto, no braço, no corpo, na aura e na alma — mas Therèze não tirava os olhos de mim, um vivo termômetro das minhas reações, minuto a minuto, como se ela temesse uma explosão — *trouxe a filha como escudo*, alguém repetiu na minha memória.

— Vou fazer um curso na Universidade de Haifa. Quero aprender hebraico — acrescentou, como a lembrar, talvez, que tudo não passa de uma opção acadêmica.

A segurança de Therèze — alguém que encontra um rumo — tinha um toque de desafio: *eu sou o mestre a ser abatido*, ele pensou, *é o destino dos mestres e dos pais*, mas as coisas todas já vinham se encaixando sutilmente de postal a postal, a delicada costura da distância que, ponto a ponto, vai retirando as pontes do retorno, ele sonhou, como se fizesse poesia, e recomeçou a montagem da gravata, agora a ponta larga lá embaixo, a curta aqui em cima, quem sabe dê certo. A turbulência emocional da vida, com o tempo, se descolou da memória e desapareceu — fica apenas, como agora, a lembrança fria dos fatos, um jogo de cubos a encaixar.

— Ah! — ela fingiu lembrar-se de repente, talvez para me tirar do silêncio em que eu caí, senhores, aquela mixórdia mental de alguém muito ferido que não pode revelar-se e se encastela no escuro para ganhar alguma sobrevida e planejar o minuto seguinte, mas não há tempo: — A nossa tese! A Universidade de Rennes aceitou publicá-la! Fiquei muito feliz!

A nossa tese. Mas, para que eu não me entusiasmasse muito, ela tocou de novo a minha mão sobre a mesa, num parêntese inesperado:

— Você não vai comer o *croissant*?

Percebi o olhar matreiro de Bernadette para o pratinho, a revistinha aberta como esconderijo, e, também eu matreiro, abaixei a cabeça até o nível da mesa e empurrei o *croissant* para ela como num acordo secreto, que a mãe não visse! — e ambas riram da minha pequena palhaçada.

— Obrigada, tio. Eu vou aceitar.

Uma daminha encantadora. Crescendo a criança, dia a dia, aumentava proporcionalmente a distância entre mim e Therèze num processo irreversível. O que eu pressenti desde o exato momento em que ela me telefonou para me avisar do atraso no nosso primeiro encontro e ouvi uma criança chorando em segundo plano. *Eu lembro que a Mônica dava duas voltas aqui, uma sobre a outra, para o nó da gravata ficar mais gordinho e centrado*, e ele olhou para o próprio peito, avaliando o grau de dificuldade da sequência de gestos que teria de fazer, já no limiar do pânico, *eu não vou conseguir dar essa merda de nó.*

— Mas eles vão publicar só a segunda parte, *As raízes da ambiguidade*, porque o livro vai fazer parte de uma coleção de ensaios sociológicos de cultura latino-americana. A parte linguística, *A gramaticalização do não-dito*, fica de fora — pediram apenas que eu fizesse uma pequena síntese introdutória.

Com esse detalhe final, senhores, a faca já enterrada no meu coração deu um breve volteio, um gesto curto de esgrima, o toque mortal — e Heliseu, gravata à mão, riu alto da imagem ridícula. Isto é, o que ela escreveu com um pé atrás, ficou; o que foi trabalho de orientação, este burro de carga fazendo milagre para dar consistência filológica àquele delírio, isto joga-se fora, por irrelevante. Num instante ressentido, pensou em brincar em voz alta: *De maa ventura he ho homem que sse fia per hũua molher.*

— Mas é claro que vou dedicar o livro a você — ela completou, como um prêmio que se entrega.

A delicadeza que não fiz, ao publicar o ensaio apresentado no Congresso de Coimbra, nos nossos bons tempos — e só agora lembrou, com um fio de gelo na alma pelo que lhe pareceu uma revelação tardia e mortal, de ver Therèze a procurar no pequeno livro publicado as primeiras páginas, depois as últimas, atrás da hipótese de um *agradecimento*, depois, quem sabe, uma nota de rodapé que lembrasse sua doutoranda de cama e gabinete, num livro que era fruto exaustivo de longas conversas entre eles, em que o saber realmente histórico de Therèze dava consistência à sua tábua escolar de logaritmos — e nada, nenhuma palavra de reconhecimento; cada coisa no seu lugar, senhores! O catedrático era eu! Ao colocar a ponta da gravata por dentro do que seria um futuro nó percebeu a extensão do desastre, *isso vai parecer um embrulho, não sei por que aceitei essa merda de homenagem. Eles querem apenas me usar.*

É claro que vou dedicar o livro a você. Mas ela mudou de ideia. O livro chegou um ano e meio depois ao escaninho do departamento, e ele teve de abrir o envelope, disfarçando a sofreguidão, numa segunda-feira animada do café — *Vocês viram o golpe que o filho da puta do Fujimori deu no Peru?*, perguntava Veris ao entrar na sala, no exato momento em que alguém comentava a mudança do governo Collor, *Uma ruína antes mesmo de começar!*, gritava um, *Mas esse canalha desenterrou ministros do tempo do Médici!*, indignava-se outro. Alguém, gentil, lhe estendeu o café, *Com açúcar, sei que você toma café com açúcar, esse Heliseu não engorda!*, e apenas sorrindo, sem agradecer, distraído com o pacote à mão, ele colocou o copo de plástico no balcão enquanto arrancava o barbante e depois a fita-crepe do embrulho caseiro bem apertado, e dos rasgos emergiram três exemplares de *Les racines de l'ambiguïté*, dizia a capa, com o nome corrigido, *Thérèze*, e, exatamente como ele flagrou Thérèze anos atrás procurando sinais de vida afetiva no seu ensaio sobre o sistema de tratamento, agora via a si mesmo folheando o exemplar atrás de seu nome, *monstros egocêntricos*, ele pensou ouvir de alguém na algaravia agitada, uma segunda-feira *comme il faut*, e pôs o olho numa sequência de *remerciements*, o gesto protocolar, não verdadeiras dedicatórias, *à mon époux, etc., à mon père, in memoriam*, e lá embaixo, penúltimo nome, *À M. le Prof. Heliseu da Motta e Silva, mon ex-directeur de thèse dont la vaste érudition philologique a été d'un soutien inestimable pour la réalisation de cet ouvrage.* Colocou os três livros com a maçaroca de papel e barbante debaixo do braço e deu um gole do café, fingindo ouvir uma discussão sobre os destinos da América Latina; depois, com calma, procuraria um cartão, um bilhete perdido, um manuscrito qualquer que reatasse a distância entre eles, um afeto mínimo qualquer, mas não havia nada, só três livros empilhados e embrulhados. Mas o que ele queria? — e Heliseu desmanchou o nó grosseiro pendurado no peito, para tentar novamente, com calma; talvez trocar a gravata, este tecido parece que escorrega, e abriu de novo a gaveta, de onde tirou outra gravata, cortada por diagonais azuis e brancas — essa combina melhor com a camisa, e contrastou os dois tecidos, num gesto que ele parecia tomar emprestado de Mônica, *esta fica melhor, Heli*, ela costumava dizer, e ele obedecia sem discutir.

Muito bem, estou atrasado — *eu não tenho a vida toda, senhor*, o inspetor poderia lhe ter dito, como algum tira de filme dublado, quando ele tentava recapitular corretamente o que de fato aconteceu, dois passos aqui, uma cadeira puxada, um passo para lá, *estávamos aqui na sala*, e Heliseu imobilizou-se meio minuto diante da mesa, uma maquete de si mesmo em tamanho real, e então — mas era um delegado inesperadamente gentil, ainda que um tantinho impaciente, o professor não era obviamente suspeito de coisa alguma só porque sua mulher foi encontrada morta no pátio dos fundos, isso aqui é uma formalidade de rotina, trata-se apenas de mais uma tragédia. Ele mesmo ligou para a polícia, em soluços, depois de vomitar no chão, o labirinto fazendo-o girar com violência e vomitar uma golfada incontrolável que lhe arrancou a alma, *um homem fraco*, ele imaginou alguém dizer, depois que a própria dona Diva o lembrasse de que ele devia ligar para alguém e ela mesma discou um número, que era o da polícia, mas já havia uma multidão lá embaixo, o que ele não viu porque jamais colocaria de novo a cabeça para fora daquela varanda. Reviu nitidamente o gesto vulgar de Mônica, arremessando xícara e pires na mesa, a mão na cintura e a bunda arrebitada, bufante, dizendo-lhe o que disse, *você sempre foi um egoísta filho da puta desde o primeiro dia*, saindo da sala em direção à varandinha dos fundos, passagem para a área de serviço, *a casa das máquinas*, como ela uma vez brincou, no tempo em que brincavam; e a lembrança pesada entrou na memória tirando todo o resto da cabeça como uma escavadeira incansável, ficou só o terreno vazio cheio de gritos. De algum lugar da casa dona Diva ouvia o que berravam, ela histérica, ele sufocado, *que ninguém ouça o que dizemos*, depois de dizer — o que eu gostaria de apagar da minha vida, senhores — *você destruiu a vida do nosso filho, sua...* — por que aquilo escapou?

— Nós discutimos, é verdade — ele confessou ao Inspetor Maigret, que haveria de compreendê-lo. Mas por que disse aquilo? Bastaria *descrever* a cena: Ela estava aguando as plantas e caiu. Ponto final. Desceu a parte direita da gravata de modo que uma ponta ficasse dois palmos abaixo da outra, num cálculo preciso, e escolheu cuidadosamente o trecho onde dobrar uma sobre a outra, o que fez em seguida, os dedos trêmulos, mas ainda eficientes, irritando-se um tantinho porque sentiu um suor frio na testa e uma onda de cansaço nas pernas ainda nuas. Difícil se concentrar. *Sempre coloque as calças depois de colocar a camisa*, foi outra determinação de seu pai. Largou a gravata no peito, *não é este o ponto certo*, e lembrou do que uma vez disse à Therèze: *Talvez meu pai tenha me influenciado mais do que eu desejava*. E ela disse: *É sempre assim*. Não necessariamente, imaginou agora — meu filho livrou-se por completo de mim. Isso é raro, mas é belo, eu poderia dizer no final da minha fala, com a grandeza do desprendimento. Filhos finalmente em liberdade. São breves fotogramas na retina, que ali permanecem, fatias congeladas do tempo — a paradoxal leveza de Mônica, ainda agitada, sob o eco da gritaria, plena de raivas, pendurando-se na varanda e regando seus belos rosários escorridos como uma cerca viva no ar, aquela parede diáfana que filtrava o sol dos fundos, e eu ainda pensei em dizer *Cuidado*, como se o ensaio da nossa fúria tivesse chegado ao fim, estamos dispensados, amanhã continuamos, mas eu não disse, o meu peito vibrava de impotência diante do que eu ouvia, *Você é a figura ridícula da universidade*, e, senhores, o escárnio da Mônica sempre foi invencível, o dito e o não-dito, mas mesmo assim eu poderia dizer *Cuidado*, como quem interrompe um jogo que deve chegar ao fim, eu poderia avisá-la, porque, ao inclinar-se à direita para sair do banquinho em que se equilibrava aguando os vasos, ela estava pondo o pé onde o pequeno balcão que devia estar ali não estava mais, arrastado por alguma razão, quem sabe uma moedinha que rolou dois dias atrás e que dona Diva foi buscar agachada, empurrando o balcãozinho — faltava meio palmo, o pé esquerdo no banquinho, o direito tateante no ar, o regador de água no alto, de vaso em vaso, o braço esquerdo esticado para o alto como o contrapeso do acrobata, *uma figura leve, a blusa rosinha, a calça azul, senhores, um X entranhado no verde dos rosários contra a luz da rua, como uma treliça de plantas*, mas, de qualquer forma — e ele segurou as duas pontas da gravata, suspirando —, ela cairia para dentro da varanda, talvez quebrasse a perna ou o braço, o que já seria um bom e justo castigo pela sua língua, e não para fora, se não tivesse tido a ideia estúpida de se agarrar nos fios do rosário, a flor venenosa, *Senecio rowleyanus*, o detalhe de que poupei o inspetor, o senhor sabe que planta é esta? — e enfim, o banquinho tombou e ela voou.

— Ao ver aquilo, eu me arremessei em direção à varanda, porque eu já estava próximo, eu fui atrás dela, *arrastado pelo desejo de vingança* — expliquei ao Inspetor Maigret, e dizia toda a verdade, exceto, naturalmente, o detalhe da vingança que me movia.

Eu — eu meio que escorreguei. Aqui. O policial olhou para o chão e anotou um garrancho no bloquinho. Ficamos olhando para nada, o vômito já devidamente limpo por dona Diva, como se o velho piso escondesse um segredo crucial, até que acrescentei, para dizer alguma coisa: sempre tem água nesse chão, o caminho do tanque e da máquina de lavar. E esse sapato de solas de couro. Uma vez Therèze me disse: Você fica bem de tênis. O tênis adere com firmeza ao piso, mas eu estava de sapato, preparado para a aula no anfiteatro, e lá eu jamais entrei de tênis. *Você fica mais jovem de tênis*, disse Therèze. Entendi aquilo como um sinal de alerta. Em suma: arremessei-me para ela, escorreguei na passagem, e eis que estou aqui na varanda, meio corpo para fora, depois de esbarrar em quem devia salvar, os dedos milagrosamente em torno da canela fina que me sobrou de Mônica, ela inteira agora literalmente pendurada na minha mão frágil, *e ela não gritou, inspetor.* Nada. Nenhum pedido de socorro — pelo contrário, durante um segundo caímos num vácuo assustador de silêncio, a chaleirinha de regar que ela enfim soltou voando em curva no espaço como um risco de desenho, também em silêncio, e os braços soltos da minha mulher de ponta-cabeça tentando se agarrar à parede lisa do prédio onde ela se achatava também como um desenho, quem sabe chegasse à varanda do andar de baixo, a terra inteira puxando meu braço com força, e por sobre o ombro, atrás de ajuda ou testemunha, eu vi o rosto de dona Diva, gelada como uma estátua — e minha mão se abriu.

Ou eu abri a mão, e Heliseu desfez de novo a tentativa de acertar a gravata, o nó inteiro torto, a gravata comida por ela mesma, pontas sem proporção, e a desistência irritada — arrancou-a do pescoço, arremessou-a de volta à gaveta fechando-a de um golpe, como para não deixá-la escapar, *o ninho de cobras*. Quando Mônica morreu, ela deixou três ou quatro gravatas engatilhadas, penduradinhas no guarda-roupa, mas eu fui queimando os cartuchos, por assim dizer, e agora não tenho mais nada. Numa sequência de gestos medidos — sentiu de novo a vertigem, e o suor frio na testa — tentou não pensar em nada enquanto punha a calça, as meias, os sapatos, uma sucessão de movimentos lentos que o acalmou, *alguém que está ficando pronto*. Daqui a pouco esta aporrinhação terá passado; preciso apenas de um pequeno roteiro, e apalpou o bolso da camisa atrás de uma caneta imaginária. Meu pai tinha razão: um bom paletó resolve. Nem precisa gravata. Um pequeno toque jovial. Abriu a outra porta do guarda-roupa e escolheu o de cor preta, que não chegava a ser fora de moda *porque nada nele indica um tempo*, ele murmurou como quem descobre um segredo, vestindo o casaco e sentindo o vago odor de coisa guardada, que no entanto não o incomodou. Colocou o relógio no pulso — *ainda tenho tempo*. Na sala, abriu uma gavetinha, achou uma caneta e arrancou uma folha de um bloco de anotações: se eu não escrevo, parece que as coisas não existem. À mesa, rabiscou três itens:

1. *Agradecimento*. Levantou a cabeça e imaginou três ou quatro frases gentis. Uma coisa simples. Não invente.

2. Em seguida, uma sequência rápida e bem-humorada de observações: talvez brincar com o falso choque entre a velha filologia e a nova linguística, e a ideia animou-o momentaneamente, e com a mesma rapidez desanimou-o: que importância tem isso? Escreveu: *língua e história*. Não; não é adequado. *Eu tenho de me situar; eles esperam isso de mim.* Olhou para o relógio, e acrescentou rapidamente:

3. Despedida.

Meteu o papel no bolso, satisfeito, e correu uma última vez para o espelho, demorando-se um segundo a mais. *Estou bem.*

Agradecimentos

Gostaria de expressar minha gratidão a dois grandes linguistas, os amigos Carlos Alberto Faraco e Caetano Galindo, que gentilmente leram os originais deste livro e fizeram observações e correções pontuais inestimáveis. E devo ainda a eles indicações bibliográficas maravilhosas.

Sou igualmente grato a Christian Schwartz, que, em incontáveis encontros regados a futebol, literatura e cerveja, ouvia com paciência minhas dúvidas sobre o livro em andamento.

Finalmente, mas antes de tudo, vai um grande beijo à minha mulher Betinha, que, durante exatos 40 anos, vem fazendo o possível e o impossível para este escritor escrever.

Referências

As citações em português arcaico foram transcritas e eventualmente adaptadas principalmente da 4ª edição da *Crestomatia arcaica*, do Dr. José Joaquim Nunes — Livraria Clássica Editora, Lisboa, 1953. Em alguns poucos casos, os excertos são da *Chronica do descobrimento e conquista de Guiné*, de Gomes Eannes de Azurara – Pariz, 1841, edição fac-similar.

Este livro foi composto na tipografia Slimbach, no corpo 10/15,
e impresso em papel off-white,
no Sistema Cameron da Divisão Gráfica da Distribuidora Record